高等教育与全球化丛书

THE GLOBALIZATION OF HIGHER EDUCATION

高 等 教 育 全 球 化 : 理 论 与 政 策

主　　编：侯定凯

副 主 编：康　瑜

编委主任：谢安邦

编　　委：阎光才　许美德（Ruth Hayhoe）

　　　　　侯定凯　唐玉光　李　梅

高等教育全球化：理论与政策

[英]皮特·斯科特　主编

周　倩　高耀丽　译

侯定凯　审校

北京大学出版社
PEKING UNIVERSITY PRESS

北京市版权局著作权合同登记号　图字：01-2005-6220

图书在版编目(CIP)数据

高等教育全球化：理论与政策/(英)皮特·斯科特主编；周倩，高耀丽译.—北京：北京大学出版社，2009.1
（高等教育与全球化丛书）
ISBN 978-7-301-14707-8

Ⅰ.高…　Ⅱ.①斯…②周…③高…　Ⅲ.高等教育－全球化－研究　Ⅳ.G649.1

中国版本图书馆 CIP 数据核字(2008)第 189727 号

书　　　名：高等教育全球化：理论与政策
著作责任者：〔英〕皮特·斯科特　主编　周倩　高耀丽　译
责 任 编 辑：周　英
标 准 书 号：ISBN 978-7-301-14707-8/G·2527
出 版 发 行：北京大学出版社
地　　　址：北京市海淀区成府路 205 号　100871
网　　　站：http://www.jycb.org　http://www.pup.cn
电 子 信 箱：zyl@pup.pku.edu.cn
电　　　话：邮购部 62752015　发行部 62750672　编辑部 62767346
　　　　　　出版部 62754962
印　　　刷：北京汇林印务有限公司
经 　销 　者：新华书店
　　　　　　650 毫米×980 毫米　16 开本　13.5 印张　157 千字
　　　　　　2009 年 1 月第 1 版　2009 年 1 月第 1 次印刷
定　　　价：30.00 元

总　序

　　当今世界,全球化似乎是一个无所不在、无所不包的现象。全球化可以理解为一种流动的现代性——物质产品、人口、标志、符号、资金、知识、技术、价值观、思想以及信息跨国界和跨时间的流动,这种流动反映了各国之间与日俱增的联系和相互依赖的特征。通过"时空压缩"、"远距离操纵"、"即时互动"等途径,全球化不断地整合与分化着全球的各种力量和利益关系。它给我们带来各要素在全球范围内自由流动和相互联系的同时,也凸显了霸权主义及其意识形态的全球扩张。全球化的主宰力量不仅仅局限于各国政府,还有跨国集团、中介组织、文化与媒体机构、公民组织以及宗教团体等。全球化的过程实际上就是各种力量的交汇、碰撞与融合。

　　由于各国历史、传统、文化、社会发展重点的差异,全球化在世界范围的实际影响是不平衡的。通过市场整合以及由发达国家及其机构操纵的国际组织及其制度安排,全球化很可能(实际上已经)加剧不同社会阶层和利益群体之间的分化,导致社会冲突和矛盾加剧,并形成反全球化的力量。20世纪90年代以来的全球化发展表明,各国之间的跨国互动与影响变得极为复杂,难以预测和掌控。这个世界并没有因为全球化而变得真正"扁平"!

　　大学作为现代社会培养人才、创造与传播知识的轴心机构,必然受到全球化的影响。斯科特从三个方面分析了全球化给大学带来深刻影响的必然性:第一,大学负有传播民族文化的责任;第二,信息、通讯技术的发展和全球性的研究文化网络的形成，促进了大学教学的标准化；第三，全球化市场动摇了作为大学主要收入来源的福利国家公共财政的基础。[①] 加拿大学者奈特进一步概括了全球化趋势的不同要素对高等教育发展的不同影响：一、知识社会的兴起，导致社会更加注重继续教育、终身教育；持续的职业发展给高等教育创造了新的发展机会；新技能和知识导致新型的大学课程和资质认证，大学研究和知识生产的功能也随之发生变化。二、信息和通讯技术的发展推动了本国和跨国的新型教学方法。三、市场经济的发展，导致本国和国际范围内教育和培训的商业化和商品化趋势。四、贸易自由化消除了经济上的壁垒，也增进了教育服务和产品的进出口。五、新的国际和地区治理结构和制度的建立，改变了政府和非政府机构在高等教育发展中的角色。[②] 如果我们认同上述判断和分析，那么这些趋势对中国的高等教育改革意味着什么？

全球化不仅仅是一系列历史力量，更是一种新的精神状态和思维方式。全球化把大学变成变化不定的全球物质、社会经济与文化网络的一个移动点。值得思考的是：中国高等教育的许多政策、管理、心态和理念依然故步自封，其发展依然落后于整个日益开放的社会的节奏，此时，我们的这个"移动点"将被带向何方？大学是否还需要思考大学独立性的问题（虽然无论过去还是现在，大学独立性都是奢侈的话题）？

中国日益成为国际上在政治、经济、军事和文化等方面举足轻重的国家，对全球化体系的参与程度与影响也日渐深入。但关于全球化力量的根源、作用方式、影响程度以及世界不同地区的回应，我们还缺乏深入的了解与认识。虽然拥有日益庞大的高等教育体系，

[①]　Peter, S. (2006) Globalization and Higher Education: Challenges for the 21st Century, *Journal of Studies in International Education*, 4(3): 5—6.

[②]　Knight, J. (2006) Cross-border Education: An Analytical Framework for Programs and Provider Mobility. In J. C. Smart(ed.), *Higher Education Handbook of Theory and Research* (*Volume XXI*)(pp. 348—349). Dordrecht: Springer.

但在全球化高等教育市场上，我们还远远不是高等教育强国。中国高等教育的发展经历了多次巨大的"断层"，学术的传统和精神在流经这些断裂过程时不断地丧失。在融入全球化进程中，缺少了学术"原始资本积累"的中国大学，可能需要更多地利用全球化的契机，补上学术传统这一课——我们不能给这个传统设置国界！另外，中国大学应该具有全球化的眼光，但还需要本土化的行动，否则，我们在世界高等教育的地位将很尴尬。

我们希望，本套译丛的翻译和出版，可以为中国读者认识全球化对世界不同地区高等教育的影响及其应对方式打开一扇窗。透过此丛书诸多世界知名学者的文字，我们可以分享他们对相关理论和概念的辨析、对各国和地区政策的反思、对国家和大学个案的评价……同时，我们相信，全球化问题的讨论不能局限于概念的辩论，或者满足于对个别发达国家的全球化境况的了解。既然全球化影响是各国差异性的一个"函数"，那么我们需要洞察世界上更多国家和地区高等教育领域的现实和发生的变化——本丛书特别呈现了许多发展中国家高等教育近年的发展概况。由此，我们可以了解世界高等教育的丰富性，并且发现差异性背后可以共享的思想、处境和使命。

华东师范大学高等教育研究所

侯定凯　李　梅

2008 年 12 月

目　　录

第一章

时间和空间的当代转换

约翰·厄里

■ 英国帝国理工学院 (高耀丽　摄)

在世界上,社会是独一无二的存在。

玛格丽特·撒切尔

当前,许多研究文献都讨论了人类主体性(human subject)消亡的问题。众多理论和学科对人类作为世界主体的角色提出了质疑,同时对人类创造并维持其独特生活方式的能力提出了质疑。这方面的论述包括:后结构主义者对主体之死的分析;人类学家对"人机合体"文化(cyborg culture)的质疑①;对医学修复术(prosthetic technologies)意义的解析;对物质客体发展状况的社会学及人类学研究;将社会学中"行动者网络理论"(actor network theory)②应用到更广泛的领域;社会科学对日益严重的废弃物威胁环境及人类的关注;由时间和空间引发的局部影响的分析;社会学对肉体与精神双重概念的攻击;后现代学派对人类救赎元叙述(meta-narratives)③的批判;还有对近来人类社会混乱状况及社会复杂性理论意义的阐述。

这一系列观点,一定让我们产生了这样的疑问:究竟是否存

---

① 人机合体,是指硬件植入人体以延续人类寿命或者增强某种能力的技术。——译者注

② 由法国社会学家布鲁诺·拉图尔(Bruno Latour)与同事米歇尔·卡龙(Michel Callon)合作提出。它标志着科学研究的一个新学派——巴黎学派的诞生。行动者网络理论是基于对科学知识社会学"强纲领"的批判而提出的,认为应当对称地看待自然和社会对科学知识的解释功能,并通过法国社会的经验研究把科学知识看作异质型行动者网络借助转译机制进行建构的结果或产物。这一理论在哲学意义上消解了传统的主体/客体、自然/社会二分法,走向了一种科学实践研究的整体论思路,为人们揭示知识与社会的复杂联系提供了一种新的方法和理论平台。可以参见吴莹等的"跟随行动者重组社会"(《社会学研究》2008年第2期)和郭俊立的"巴黎学派的行动者网络理论及其哲学意蕴评析"(《自然辩证法研究》2007年第2期)。——译者注

③ 依照利奥塔的观点,"元叙述"指各种宏大的叙述和理论。宏大叙述和理论的特征是:其一,它们旨在揭示历史的整体意义;其二,它们为了否定另一些事实和现象,往往把某些特定的事件和现象放置在一个宏伟的构架中。在利奥塔看来,这些总括性的元叙述,不管是源自宗教,还是来自达尔文的进化论、精神分析,就其目的或影响而言,均需解构,以展示其强制性和压迫性的面目。参阅利奥塔《后现代状态》,车槿山译,北京:三联书店,1997。——译者注

在纯粹的人类特征？人类还有能力识别那些被视为物种特异性的本质吗？人类的主体性是否真的存在？本章将针对这些问题进行探讨。为此，第一，我考察了"社会"的概念，尤其考察了一系列时空转换是否改变了"社会"一词的内涵，也考察了那种认为"社会人际关系有着自身的力量、能够导致（自然也可以用来解释）一些重要社会现象"的观点。

第二，我考察了"有边界社会"这个概念。这一概念是明确无疑的吗？现实中存在有边界的社会吗？人们对社会最为典型的认识就是，社会是一种以国家为中心的、拥有主权的实体，其成员的权利与义务均由国家设定。绝大多数的社会关系都是发生在社会内部，而社会又是以疆域界定的。国家对领土边界之内的社会享有唯一的管辖权。在各种社会关系中，人们认为经济关系尤其具有社会属性，此外，政治、文化、阶级、性别等等，也都具有社会属性。以上各种关系共同构成了社会结构，并将社会的所有成员联系到了一起，使之按照一定的规则安排自己的生活。此外，社会各成员既相互依赖，又都建立起了能够自行调节的社会实体。他们因此而界限分明。我将北美及西欧合称为"环北大西洋地区"，是因为他们有清晰的边界，与其他社会不同，形成了诸如民族社会（national societies）这样的制度（Held 1995；Rose 1996）。

不仅如此，近两个世纪以来，西方人还一直在思考人是什么的问题，尤其是承担公民义务并负有公民责任的人应当是什么样的问题。在这些思考中，社会的概念是最为核心的。每一个人无疑是特定社会的成员。无论从历史的角度还是从理论的角度看，作为人的资格和作为社会成员的资格这两种观念从来都有着密切的联系。这里所指的"社会"，不是一般意义上的文明社会，而是指边界清楚、国籍明确的单一民族国家，通过一定的制度对其公民进行治理的一种有序状态，正因为如此，从理论及历史的角度来看,人类及人类社会都有着两重性,二者相伴而生,相互依存。

另外,不管用霍布斯派的观点(Hobbesian)或者洛克派的观点(Lockean)来解释社会出现之前的自然界,上述有关社会的概念都表明,社会与自然界是截然对立的。自然界被鄙视为一个不自由且充满敌意的王国,因此需要人类去征服和控制。"现代性"包含这样一种信念:评价人类的进步,不仅仅需要审视人类与自然界关系的变化,更应当关注自然界主导地位的变化。如果人们认为自然界本来就是独立于人类社会,而且是被人类社会主宰的,这就假定了人类例外论(human exceptionalism)是正确的——持有"人类例外论"观点的人认为,从本质上说,人类有别于所有其他物种,并且优于所有其他物种;人类能够决定自己的命运,也能够学会用一切方法来达到自己的目的;世界是广袤无垠的,能够为人类提供无限的机遇,人类社会的历史也就是无限进步的历史。

但是,最近几年,各领域的研究者(本章第一段列举了他们的一些观点)都对这种差异性提出了质疑(Haraway 1991;Latour 1993;Michael 1996)。这些人认为,在上述提及的差异论中,存在着明显的漏洞,人们需要超越将人类社会和自然界截然分开的认识(Strathern 1992)。"自然的"或者"自然"在双方的争论中都是一个特别棘手的问题,因为各方对社会性和社会结构的分析都有特定的假设。有关风险的争论尤其牵涉到关于特定社会的概念问题:风险社会与工业社会完全不同。风险社会是指:在特定社会中,人们将全球作为一个实验室,到处排放垃圾、威胁生命(Beck 1992)。贝克(Beck)认为,在风险社会里,风险已经无法计算、无法弥补、无法约束,也无从解释,最重要的是,人们的感官已经无法识别风险的存在。此类无形的风险中最典型的例子就是核辐射。人们不能直接触摸、品尝、聆听或者嗅到这样的风险,尤其是无法用肉眼看到这样的风险。贝克是这样描述切尔诺贝利

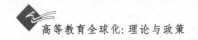

核电站事件的：

> 我们在努力地看，努力地听，但就是这些平常的感官在欺骗着我们。当我们身处危险的境地，它们却不能发挥作用。即便我们能看，但也只能像瞎子一样，什么也看不见。在我们的感觉中，身处的世界是一成不变的，而在这种感觉背后，潜藏着的污染和危险随时都可能发生，我们对此却浑然不觉。
>
> （引自 Adam 1995：11）

贝克认为，某些社会是这样发展起来的：通过钝化人们的感官，向全球扩散风险，从而对人类生活产生可怕的影响。自然界风险的全球化及其变化改变了社会的特性。由于风险的蔓延超出了国界，社会与自然界之间的差异也在慢慢缩小。尽管人们还是需要依赖自己迟钝的感觉，但是很多"唤醒工作"仍然非常必要，这可以促使人们逐渐认识到他们事实上面临着普遍的全球性问题（Wynne 1994）。由于"风险社会"暗示着有边界的社会，其权力关系保持不变，所以人们在描述这个过程的时候，最好使用"风险文化"而不是"风险社会"（详见下文）。

通过以上对人类的非人性化生存的简单考察，我们可以得出三个结论。第一，对于人类极为重要的科学技术、身体、自然及环境的发展，并不源自特定的人类主观意愿和行动[参见默多克（Murdoch 1995）有关经济变革中包含的非人性化因素重要性的分析]。无论是从社会互动的角度，还是从人们一直信奉的社会关系的角度，真正的社会结构都不存在了——这两种视角都忽略了社会组织中非人性因素的存在。

第二，人类与客体之间关系越来越复杂。若将这种关系打个比喻，最恰当的莫过于用"网络"或"流动"（flow）这样的词汇，而不是"结构"一词,因为"结构"暗示着一个中心、一种层级、一种组织(constitution)。卡斯特在他的著作《网络社会的崛起》(*The Rise of the Network Society*)中,详细阐述了人类是如何生存于网络与自我的两极对立中的(Castells 1996:3)。但是,这里的"网络"不是指社会网络,而是指包括人类、技术及事物在内的复杂而持久的关系(Murdoch 1995:745)。

　　第三,这些网络可以延伸并超越时空,而按照劳(Law)的看法,"如果离开网络,人类的言行压根就传之不远"(Law 1994:24)。因此,不同的网络凭借其不同的优势和能力,把相隔遥远的事件、地点以及人们联系到一起(Latour 1987;Murdoch 1995)。会计学能够卓有成效地把各地纷杂的活动浓缩为一组普通的数字,并将之瞬间传送到网络上的其他地方。从更一般的意义上说,各种形式的全球性流动改变了人类个体所面临的局限和机遇。值得一提的是,这种发展能够在新的网络框架中重新确立人和物的地位。这就把基于某一特定社会结构的"国家社会"转变为全球性流动的符号、金钱、信息、技术、机器及垃圾组成的网络(Lash and Urry 1994)。这样的全球性流动跨越了国界,瓦解了国家社会的组织,构筑起了人与人及人与物之间的新网络。这种转变解释了这样一个曾受争论的问题:人们为何不是生活在组织和社会结构都相当稳定的风险社会,而是生活在更加不确定的、充满矛盾的、符号化的风险文化中。从某种程度上说,由于非人性化因素在全球的普遍化及多元网络的出现,国家权力正在消退,而风险却在滋长(Lash 1995)。

非人性的全球化

　　大约在 20 世纪初到 20 世纪 70 年代期间,欧洲及北美地区的人们普遍认为，大多数经济及社会问题或风险都产生于特定社会，并且只有这些特定的社会内部才能得到解决，我将这一特征称为"组织化的资本主义"（organized capitalism）。通过国家政策尤其是凯恩斯的福利国家政策，我们可以确定并解决"组织化的资本主义"中的问题（Lash and Urry 1987，1994）。总之，人们认为这些风险主要存在于各社会的内部，其解决之道也只能从内部寻求并在内部贯彻实施。民族社会是基于这样一个概念建立的，即通过单一民族国家的核心制度，公民对社会负有责任并同时享有一定的权利（Held 1995；Rose 1996）。

但是，真正采用这种"社会"模式的只有环北大西洋的十多个国家。即使在这一地区，罗马的梵蒂冈还部分地控制着一些南欧国家的国内政策（Walby 1996）。世界上其他大部分国家曾都处在殖民统治之下。唯有环北大西洋地区的国家是主要的殖民力量，他们同外界保持着非常重要的经济、军事、社会、（特别是）文化联系。此外，有一个独特的民族国家——德国——凭借其军事霸权，几乎曾经使整个欧洲臣服于其脚下。然而，20世纪的大部分时间里，美国是超级大国，它与另一个强大的专制国家——苏联，形成了在外交、政治、军事、经济和文化上的争霸之势。

其实，无论这种"社会"模式的局限性是什么，20世纪末人们好像已经掌握了一种非凡的方法，能够解释关于社会概念所有剩下的问题，能够告诉我们在世纪末人类的本质所在。我要强调，围绕这些主题而创作的文章——不管是学术论文，还是通俗文学——都不计其数。根据布希的统计，标题中含有"全球化"或"全球的"的文章，在过去的二十年间增长了三倍（Busch 1997）。

首先，专门分析全球性流动的学术论文异军突起。很明显，全球性流动打乱了很多原有的国家性组织结构和计划，这是单一的民族国家无法企及的（Held 1993；Lash and Urry 1994）。不仅如此，这种流动还牵涉到地方性以及全球关系的重建。其次，全球化还代表着一种意识形态。全球化概念常被那些热衷于推广全球资本主义的人使用。他们还试图弱化国家身份，并破坏国家赖以合法存在的各种民主计划（Ohmae 1990）。这些过程似乎正在开创全球的新纪元，用大前研一（Ohmae）的话来说，就是开创了"无国界"的黄金时代。"全球化"一词可以指跨国公司为躲避对特定的国家、劳动力或政府承担义务而采取的各种策略；全球化也可以提供政治动员的基础。全球问题的文化意义在于：这一概念可以为动员各种力量提供更多资源，也可以为抵制个人和组织提供更多支持。这点我们从现在全球性环境的改变及媒体主导地位的确立过程中可见一斑（Wynne 1994）。此外，我们可以在广告、环保论、政治话语等方面中获得关于全球化概念的形象化标识，如"忧郁的地球"或"脆弱的地球"这样的措辞。这样的比喻不仅仅可以被商业组织和非政府组织所使用，也可以被用于推销产品、推广思想或设计其他意义深远的形象。最后，全球化有时用来指一种新的中世纪精神（a new mediaevalism）。它以竞争性机构的出现为特征，这些竞争性机构往往集控制权和认同权于一身。带来的结果便是，为提高竞争力，国与国开始重组；商业帝国开始出现，如微软和可口可乐等这样的公司；许多民族国家的外部威胁慢慢消失；发展开始跨越国界；以及城市国家（city-states）逐步成长等等（Cemy 1997）。

现在我们来考察一下全球网络发展中的几个主要过程（以下例子摘引自广泛的文献资料，特别是 Appadurai 1990；Brunn and Leinbach 1991；Gilroy 1993；Lash and Urry 1994；Featherstone *et al.* 1995；Waters 1985；Albrow 1996；Castells 1996；Eade 1997 等人的研究成果）。

新机器的发明和新技术的发展缩短了时空距离，并且，至少部分已超出了社会的控制和规范。这些新技术包括光纤电缆、喷气式飞机、音频视频传输、数字电视、计算机网络（互联网、卫星、信用卡、传真、电子销售终端、手机、电子股票交易和虚拟世界），还有大量新开发的核能、化学和常规军事技术及武器，同时还有新出现的垃圾和健康问题。这些新生事物需要国际社会共同制定规范，才能保证个人和国家安全。

这些机器和技术都是按照众多不同的"节点"（scapes）组织在一起的。它们构成机器、技术、组织、文本和行为的网络，沿着这些节点产生了各种不同类型的流动。举一个例子，民用机场网络每年输送大约五亿人次的国际游客，形成一定的国际旅客流量。这种流动不仅包括人员的流动，还包括国家内部，尤其是跨越国界的图像、信息、货币、技术和垃圾的传播，这些流动是单一社会无法控制或者不愿控制的。"节点"一旦形成，所有社会的个人，尤其是公司，都会努力与其建立联系，比如建立民用机场网络、接通互联网、使用卫星广播，甚至重新加工核废料等。这些网络节点的发展也带来了新的不平等，不是任何社会都有权进入某一网络的［见《文化空间》（*Space as Culture*），*Vol.*1，*part*1］。

漂亮的图像和信息标记是非常重要的节点和流动方式，因为它们佐证了"全球可以被压缩为时空网络"这一观点。世界上有很多强大的生产和销售图像的文化产业，它们既推广了产品，也宣传了民族、国家、非政府组织、地方和大学。图像自身也日益成为商品，这对于构成各种图像系统的多媒体而言非常重要。除此之外，也有些节点可以传播大量各种各样的信息（如金融信息、经济信息、科学信息和新闻数据）。通过它们，有些信息能够得到极好的宣传，但有些信息却被有效过滤了。

某些节点已经部分地成为全球性组织。对推动节点全球化和公民权利负有责任的组织有：联合国、世界银行、微软公司、美国有线新闻、"绿色和平"组织、欧盟、新闻国际（News International）、奥斯卡奖、世界知识产权组织、联合国教科文组织、奥林匹克运动会、"地球之友"、诺贝尔奖、邦迪、布伦特兰报告（Brundtland

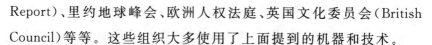

Report）、里约地球峰会、欧洲人权法庭、英国文化委员会（British Council）等等。这些组织大多使用了上面提到的机器和技术。

　　这些节点给20世纪末的人们带来了新的机遇和期望，但随之而来的还有危机。前者包括享受便宜的国外旅行、成立国际化的——尤其是通过互联网组建的——"新社会"（new sociations）、各国生活消费品的流动、生活方式的互相影响、使用全球化的图像、参与全球性的文化活动、欣赏"世界音乐"等等。而危机则包括艾滋病、切尔诺贝利核泄漏、文化同化、国家经济主权的丧失、移民、背井离乡以及寻求避难等。这些"全球化"模式侵蚀了现有社会的基础，取而代之的是大量的"新社会"——它们反思、驳斥、逃避、改良和举行运动，维护各种各样的节点和流动方式。这些新出现的多样性流动方式，在现有社会中具有复杂、重叠、偏离中心的无序等特征。随着时间和空间的转换，它们不断地超越现有社会的界限，相互结合和再结合，遵循了一种超文本的运作模式（hypertextual patterning）。流动性被看做是这种全球化模式的基本特性，它缺少社会性，而更多的是建立在一个或多个假设性的全球节点基础之上，因此，它也在不断地形成和强化着新的网络。

　　广泛的流动跨越了社会界限，让国家很难把既独立又相互联系的民族团结在共同的社会目标周围。这一点在经济和文化方面表现得非常清楚。就经济方面而言，民族经济遭到持续性破坏，同时许多国家出于政治方面的考虑，不愿调节税收和消费，更不愿实行工业国有化，尽量避免把它们拉回到社会统一的调控状态之下。国家日益具有规范社会的功能而不是直接发挥生产功能。在某种程度上，这是新的信息收集、保存和补救方式推动的结果。从很多方面来讲，欧盟是国家调节的典范。就文化方面而言，文化混杂的问题、全球难民问题、文化迁移的价值问题、全球性的居住问题、散居和"无家可归"内涵的变化，都让人们对社会的意义产生了怀疑。社会内部和社会自身都有能力调动各种力量，发动变革。这些结构上的变化削弱了社会在团结民众、统一管理、赋予民族认同感和协调一致等方面的力量。正如罗斯（Rose）所说："虽然我们政治的、职业的、道德的和文化的权威人士仍然在愉快地谈论着'社会'，但是当我们发现'社会'被分割成许多民族的和文化的团体，而这些团体又带有矛盾的忠诚和无法兼顾的义务时，'社会'一词的真正意义和民族特有的优越性受到了怀疑。"（Rose 1996：353）

　　全球化进程带来了多样、重叠和分离的结果。在一些著作中，全球化的观点是现代主义者尝试的"元叙述"的新声明。该声明称：全球化市场产生了经济、政治和文化的一体化模式。但是在下面的讨论中，我假定这样的一体化模式并不存在。泰勒（Taylor 1997）指出，在英语动词后面加上"ization"构造的名词有特殊的双重意义，如"modernization"（现代化）或"globalization"（全球化），可以表示这些动词（使……现代化，使……全球化）所描述的过程，显然也可以表示这个过程的终结。这让人备感困惑。因此，有必要区别作为"结果"的全球化和作为"假设"的全球化；同样有必要区别"真实过程"的全球化和"话语"的全球化；同时还要区分经济/政治的全球化和文化/环境的全球化。赫斯特（Hirst）和汤普森（Thompson）最近在反驳全球化的论文中把全球化看做是一种结果，同时也是真实的过程和经济——政治的全球化。他们轻而易举地反驳了简单的现代主义论点，并指出民族国家仍然可以有所作为，特别是在建立条约和国际规则方面。但是，在文章的下一部分中，我把全球化看做是一种假设而不是结果。在我看来，全球化既是真实过程的描述，也是某种话语，两者同等重要，并且既是文化/环境的全球化，也是经济/政治的全球化。

　　这里还有一个更深层次的问题，就是人们是否认为全球化过程产生了单一的结果［例如，假定世界被"可口可乐化"（coca-colonization)了],抑或是世界多样性增加了(通过强调"本土"的重要性)。在不同的文章中,两种理解都被视为全球化的证据。后一种情况以多种表达方式出现,例如人们认为全球化与特定的本土化过程结合,产生了所谓的"全球—本土化效应"(glocal effect)。确实,我们越是将全球化视为一种文化,全球化同本土的结合意义就越重大,而简单地认为"全球化是一种结果"的观点也越站不住脚。

全球化网络

　　这里我将选取四个问题,从不同角度揭示非人性化的全球网络所带来的力量,这种力量使国家之间的界限日益模糊。首先来看法国微电(French Minitel)计算机系统与美国阿尔帕(Arpa)网/互联网系统的比较。美国的互联网在 20 世纪 90 年代的一统天下,象征着这个世界从实质性的社会结构向虚拟的全球化网络转化(Castells 1996,特别是其中的第五章)。可视图文微电系统起源于法国,并由法国政府开发国内电子产业。从 20 世纪 80 年代中期到 90 年代中期,有三分之一的法国人在使用该系统。法国的家庭免费微型电话终端(基于有限的视频和传输技术)替代了传统的电话本。许多业务都可以在微型电话上实现,包括色情聊天热线。微型电话构成了一个由法国政府组织的全国系统,在法国的任何地方你都可以用同样的价格订购个性化电话簿。

　　然而,在 20 世纪 90 年代中期,微型电话技术被证明是过时了。它的终端不是通常的计算机系统,并且系统结构是基于服务器网络的分级体系,这意味着它不具有横向通讯的能力。最终,人们觉得有必要设法将这些终端(以很高代价)联结到国际互联网上。现在这一设想已成为现实。微型电话成为另外一种网络,进入到无控制的、无政府的和普及化的国际互联网系统，这种系统连接了世界上至少 44,000 个网络和大约三千万个用户。

阿尔帕网/互联网是美国为了在受到核攻击情况下保持通讯畅通而设计的一个军事计算机系统。这是一种通过开发不依赖命令和控制中心的网络来运行的系统。信息单元能在内部沿着网络自行流通。作为一个向全球公众开放的计算机网络，互联网在世界范围的发展，不只是源于军事上的需要，也不只是后来美国科学和研究网络发展的产物，它更多的是作为一种反传统文化的力量而出现的。例如，调制解调器①是由几个学生于 1978 年发明出来的，也是他们于 1992 年研制出了马赛克（Mosaic）浏览器。这些都是个人电脑文化发展的关键时期。正如卡斯特所言：系统的不断开放，得益于持续的创新，同时也是早期计算机黑客和网迷在系统中自由驰骋的结果，如今这些人向成千上万的人们普及了网络（Castells 1996：356）。互联网已经发展成了一个能使全球进行横向沟通的系统，国家或者国际组织很难控制或监控这一系统。到 20 世纪末，互联网在很多方面都体现出全球化的倾向——它联结了成千上万的网民、机器、节目、文本和图像，这其中有些可以称为"准主体"（quasi-subjects）和"准客体"（quasi-objects）。

在第二个问题中，我想说明各种各样的网络对于东欧国家政权瓦解过程中的作用。这里我只作非常扼要的评论（见 Braun et al 1996）。第二次世界大战以后，中欧和东欧的各个国家之间建立了格外严密的边界，这些边界不仅包括与西欧的边界，更有这些国家之间的边界。这些国家间的文化交流特别困难。可以说，冷战不仅冻结了政治，也冻结了文化。尽管这些国家通过前苏联的共同体（经济上，通过经互会协定，争取国家间的经济互助与合

---

① 1978 年，丹尼斯·贺氏（Dennis C. Hayes）及其合伙人代尔·赫斯林顿（Dale Heatherington）在贺氏家的餐桌上开发完成第一个用于个人电脑的调制解调器。同年，贺氏公司成立。——译者注

作；政治上和军事上，则通过《华沙条约》互相联结）联系到了一起，但是他们既重视文化渗入性又强调国家独立性。

越来越清楚的是：既然有边界，就有越界的。那种保持或者冻结东欧民族和文化的企图是不会成功的。"柏林墙"当然是试图保护某一社会民族的绝好例子。然而，综观 20 世纪 60 年代，无论是交流形式还是后来的休闲旅行实际上都在增加。自此以后，一墙之隔的两国人民，尤其是物品，开始跨越这个精心修建的边界，自由流动起来，其中包括曾被人们叫做"看不见的走私之手"的活动（Braun *et al* 1996：1）。人们开始在很多非正式场合使用或者谈论来自"西方"的物品，这使得"东方"地区的人们想要重塑自我，重新认识和规划社会。很多人想要更多地了解并拥有代表"西方"的物品。因为在工作或者政治舞台上这些人几乎不可能找到自我，所以很多人就转而探索不同文化，他们尤其会选用一些在某方面象征或代表那种文化的商品。正如布劳恩（Braun）等人（1996：2）所说，在东欧国家体系的瓦解过程中，"重建社会的欲望，实际上比政治形态发挥了更大的作用"。

特别是，东欧经济的重点是围绕工业生产，限制消费者的需求，这在某种程度上与"西方"国家战时物资短缺的情形相似。但是人们愿意接受对生产规模和生活消费品种类进行限制的做法。事实上，人们的选择越是受到限制，通过对比西方国家发生的一切，无论个人还是社会群体对生活消费品及其替代品的需求就越强烈。因此，"购物旅游"获得了蓬勃发展。在东欧国家，人们为了得到这些物品，采取了网络化销售的方式。而这种做法更是激起了人们对"西方"富足的物质生活及充足的生活消费品的向往。这些生活消费品因而贴上了显著的文化标记。布劳恩等人（1996：6）认为，在这些实行消费限制政策的社会里，人们为了追求形式各异的商品而形成的多样的、网络化和有组织的行动，成为这些社会的关键特征。

在很多方面我们可以看出，物品（objects）在东欧国家历史中所起的作用——生活消费品由于其代表的独特风格和品味而具有吸引力，并且在广义上讲，购物可以被称为一项极为休闲的活动。这里存在一个生产"时尚"产品的过程，比如美国的跑鞋、西方的书籍等等。人们还达成一个较为普遍的共识，那就是西欧确立了时尚的标准；赴其他国家（尤其是去西欧国家）旅游，通常意味着为家人购买大量的生活消费品——但更多的时候，人们转手把商品卖给其他人。于是很多游客、火车司机以及形形色色的人都大量买进货物，并利用自己的社会网络在返程后兜售给他人，从而传播了"西欧进步、东欧衰退"的思想。这些国家没有能力阻止必然出现的商品、服务、标志、图像及人员的流动。曾经在东欧国家与西欧国家之间建立起来的坚固的国家边界，被随之而来的生活消费品、出行方式和顾客、观光客、地下黑手、走私犯等等一起冲破了。

第三个问题，是有关全球化产生的多种与自身宗旨相反的结果。在国际舞台上，很多团体和组织强烈反对那些确立全球新秩序的全球化组织。尽管对于导致全球无秩序状态的原因或者结果，鲜有一致的看法，但全球化确实招致了很多反对意见。抵制全球性组织的活动地点分散、形式各异，其中包括：墨西哥的萨帕塔主义者（Zapatistas）、美国的民兵集团和爱国者组织、日本的奥姆真理教、许多非政府环保组织、关注全球化市场对发展中国家妇女儿童影响的女权运动、新歧视老人主义（New Ageists）、原教旨主义者团体等等（Castells 1997）。他们以分化社会的方式来反对全球化秩序的某些方面。这些都是虚拟的社区，他们只是通过激进主义者的演讲、文化产品和传媒图像构成等非地理因素而连接起来的组织（Rose 1996：333）。

然而，这些网络通常使用来自全球各地的设备和技术。卡斯特将萨帕塔主义者称为"最早的信息化游击队"，这主要是因为他们是一个配置了计算机媒介通讯并建立了全球化电子网络的利益集团（Castells 1997）。与此相似，互联网在美国爱国者组织中广泛使用。他们认为联邦政府正在将美国变为全球化经济的一部分，因而破坏了国家主权。这些人尤其反对联邦政府对环境的管制，因为这与维持地方文化与习俗的观念背道而驰。因此，不同的生活消费品采购产生了新的人与物的网络。伯吉斯（Burgess 1990：144）曾经撰文分析了围绕亚马逊河雨林的全球文化政治的新形式。他这样写道："演员、歌唱家、巴西印第安人、通俗音乐推广者、环保组织、媒体业及购买唱片的年轻消费者支持对破坏亚马逊河雨林行为而进行的斗争。"

新的全球化时代与各种组织成员意义的变化有关。很典型的例子便是，成员资格被视为：在加入具有一定级别组织的同时，必须行使和履行各种各样的权利和义务。工会就是一个典型的代表。新组织的不同就在于：其发展很大程度上是依赖媒体的。绿色和平组织对于如何发展并维护自身的媒体形象尤为精通，因而被视为反抗性组织的典范（Szerszynski 1997）。尽管绿色和平组织只能在部分呼吁中主动提供证据，甚至采用一些夸张的展示、比喻和标志等，但它的成员主要还是由相对顺从的"支持者"组成的。因此，作为生态智慧和美德的传递者，该组织的成员能够正常地开展工作。事实上，绿色和平组织与其他全球活动者一样，都致力于发展自己的"品牌认同"（Szerszynski 1997：45—46）。它采用了北美标志、无所畏惧的抗议行动和娴熟的媒体技巧。车辛斯基（Szerszynski 1997：46）指出，绿色和平组织的品牌身份有着"如此的标志性意义，它在世界范围内成为生态美德的标志"，这一点远远超出了该组织实际取得的成功。

各式各样的网络在不断形成，它们总是无休止地对抗政府、对抗企业、对抗他们"自认为无所不知的世界"，因为这个世界试图管理、控制和指挥"对抗力量"。我在这里指的是世界性的文明社会，在这个社会里没有始作俑者，也没有互相争辩的共同目标，更没有进步的未来乌托邦社会（参见 Held 1995，第十章，"论民主的跨国性"）。全球化能够产生一个世界性的文明社会。它从当今世界的社会中脱离出来，展现出一个差异悬殊的网络化文明社会，这个社会既是由具体的物质构成，同时又具有社会性的一面，借助超现代社会的全球性设备，人们可以在相隔遥远的地方实现互动。这样的网络文明社会具有跨越地理边界的特征。尽管这样的交往是间歇性的，但当人们在如今的网络社会中相互了解时，如当今社会持有乌托邦理想的人们，包括在各种节日、野营和生态保护者的抗议地活动的人们，他们还是可以走到一起的（Szerszynski 1997；也可参见 Friedrich and Boden 1994，关于"人们迫切需要彼此接近"问题的一般性论述）。

最后一个问题，虽然人们不能过分夸大全球化（或反对），但很明显，当今特定社会的公民身份问题正在发生变化。在此我只能将问题简单化，用"风险"、"权利"和"义务"三个概念来解释"公民身份"（citizenship）（见 Therborn 1995，一种类似的从"风险"角度讨论公民身份的阐述）。"公民身份"通常被理解为：面对共同的国家风险，所有生活在一个地域的公民共享的国家权利及共同承担的国家责任。当然这些理念并没有得到公平和公正的实现，尤其是在性别和民族问题上。然而，这种理念的基础就是"社会性政府治理"（social governmentality），用罗斯（Rose 1996：328）的话说就是"从社会视角看政府"。她总结了辞书编辑贝弗里奇（Beveridge）和马歇尔（Marshall）根据英国的情形提出的一种观点：就像"苦难"本身一样，"安全"也具有社会性；"安全"需要通过"利益"与"保险"加以衡量，至少表面上这些特征是"普遍的"，它囊括了"公民身份"的全部内涵（第 345 页）。

如此理解政府治理的内涵，是受到了有关专业理论的影响，部分基于研究那些团体的社会学理论。但是，罗斯同时指出，随着全球化进程和人们对社区分类的再度强调，在那些"经济型政府"（economic government）下出现了去社会化（de-socialization）现象——经济实力增长和社会福利改善之间的脱节、社会发展和经济发展之间的矛盾以及更为普遍的社会权力的冲突。

还有一些问题罗斯没有继续讨论，这些问题包括："世界公民"的基本概念、"世界公民"与"国家公民"之间的关系以及促成和维持这种世界公民身份的目的和具体表现。这里的公民身份问题涉及的课题包括全球性的危机、权利和义务。以下我将就这三个问题，从文化和物质的角度（而不是从严格的法律角度）发表一些看法。其中全球性危机包括：

- 环境或健康的恶化，特别是因全球环境变化而导致的环境或健康的恶化；
- 文化融合，对本土文化的破坏，即所谓的"可口可乐化"；
- 游客传播的全球疾病，例如：艾滋病；
- 全球市场的崩溃，尤其是农产品市场的崩溃；
- 金融崩溃及其对部分地区破坏性的影响；
- 对当地经济的普遍破坏，尤其在发展中国家；
- 不安全和动荡的"未开化地区"（wild zones）数量的迅速增加（比如南斯拉夫、索马里）。

而全球性权利应该包括：

- 使用互联网以及其他电子通讯手段；
- 获得在国家之间移民，在他国逗留并返回本国的资格；
- 每个人都有传播自己国家文化的权利，也有接受其他国家文化的权利；
- 有权购买各国的产品、服务和文化用品；
- 有权组织其他文化的人们开展社会运动，以对抗某一国家

（如充当欧盟作梗者的英国）、一些国家（如北方发达国家）、企业（如壳牌公司）和一些"无赖国家"；

- 在全球200多个国家享受娱乐生活的权利，享用其他地方的资源和环境；
- 选择健康、安全的生活居住地的权利，享受洁净的空气、水源和食物的权利；
- 通过多种媒体获知关于安全环境信息的权利。

全球性义务则包括：

- 通过信息渠道（特别是国际渠道）了解全球状况；
- 对外界和其他文化保持开放姿态；
- 从可持续发展的角度，处理与其他问题、环境和政治的关系；
- 以世界公民（而不是以国家、种族、团体、性别、阶级或时代）的角度，看待与人们生活有关的形象、象征物和历史；
- 持有世界是一个整体的观点，而不是相互封闭的思想，弘扬无国界精神。

当然在本章中，我并不是说全世界的人民都是"世界公民"，也不是说新的世界社会观念已经取代了原来的社会。因为这种发展目前还局限在较小的范围，在大部分人的日常生活词典里，"国家"一词还是比"世界"来得重要。另外，全球化问题还把一些非人性化的物品带进了当今社会网络结构中。这些网络受到机器、技术、物品、文本、图像、自然环境等因素的塑造和重塑。以下的事物构成了我们的社会网络，并最终塑造了世界公民：全球化形象及其带来的危机、新的电子媒体和全球性媒体帝国、大范围的人员迁徙、可在全球范围内使用的信用卡的普及、废物在全球的蔓延、全球性广告宣传和广告技术的发展等等（见 Anderson 1989 关于"印刷资本主义"与国家中虚拟社区关系的类似论述；

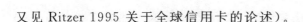

又见 Ritzer 1995 关于全球信用卡的论述）。

本章从电脑网络、东欧的消费（consumerism）主义、社会对抗力量和新型公民身份四个不同的方面，讨论了一种强大的人类和非人类的新时空网络。这些新的社会结构减弱了社会凝聚力、统一管理、民族认同和一致对外的力量。

结　　论

本章讨论可以引申出不同的结论。总体而言，我尝试揭示人类的力量是如何受到自身与物品、符号、机器、技术、文本、自然环境、动物、植物以及废物在时空上复杂关系的制约的。人类所以拥有力量，只因依赖与非人类因素的联系；纯粹意义上的人类似乎很少拥有力量。在面对各种环境和自身问题的过程中，人类行动能力的脆弱会因大量新的社会发展而日益明显——人们在生活中无时无刻不接触的小型化电子技术；生物学向基因编码信息的转化；废弃物品和病毒在时空中的迅速传播；不断增强的模拟自然和文化空间的能力；信息交流方式的根本改变——这种改变极大地压缩或缩短了人们在时间和空间上的距离。

因此，当今世界上貌似重要的事物，其实并不能帮助人类完善自我和实现特定权力。事实上，如果脱离了和外在因素的联系，人类的作用将受到极大的限制，也无法识别人类作用的存在。如果社会现实仅仅是体现人类本身的力量，或者通过这一力量实现自身的目的，那么社会现实的独特性也就无从体现。由于社会实体都存在于人类与其他世界要素相互连接的网络中，因而事实上并不存在人类社会这样的实体。如果没有人类，就不会有人类社会。也许有人会说"社会是独一无二的"。然而，这并不是说人类可以肆无忌惮地凌驾于自己无法驾驭的力量之上——这些力量不应该被看做是社会性的，他们具有超越人性的文化特征——或者可以被称为"物质文化"。

我已经指出，随着许多学术和政策讨论中广泛涉及全球化和全球性问题，越来越多的人意识到非人类力量的存在和社会（或社会关系）受限的事实。我强调了分析全球性网络的重要性，这个网络融合了各种人类和非人类的因素，包括信息的传输（全球金融交易）、人类的活动（旅行）、技术（媒体/互联网）、废物排放（臭氧层变薄）、机器（喷气式飞机）、符号（蓝色的地球）等等。这些组成了一个复杂的网络。如果"社会"一词曾经恰当地描绘了这个世界，那么在如此复杂的网络中，时间和空间的频繁转换标志着纯粹的关于"社会"分析的终结。

这一点，可以通过网络社会对各地区的影响方式来说明。在我们的《符号和空间的经济学》（*Economics of Sign and Space*）（1994）一书中，斯科特·拉什（Scott Lash）和我区分了我们命名的"开化地区"（tame zone）和"未开化地区"（wild zone）。未开化地区是指像撒哈拉以南的非洲、洛杉矶中南区、南斯拉夫以及许多欧洲的公共住宅区等这样一些地区（Lash and Urry 1994）。但是也可以依据我所描述的时间和空间向非人类化发展的程度，划分成四个非常广泛的区域：

1. 有活力的开化地区（live tame zones）：那里能为消费者和生产者提供优质的服务，所谓的"网络资产阶级"在智能建筑里（700 座在纽约，而不是在洛杉矶中南区）工作；有安全的郊区，人们有极为稳定的身份，可以出入安全的休闲场所。

2. 有活力的未开化地区（live wild zones）：极少的文化资本投入；在城市里需要尝试不同的身份；缺乏安全的休闲地；多样化的旅游；混杂的世界主义价值观。

3. 无活力的未开化地区（dead wild zones）：除了那些被称为下层阶级的吸毒者，大多数人被排除在流动人口之外；很少出外

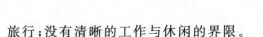

旅行;没有清晰的工作与休闲的界限。

4. 无活力的开化地区(dead tame zones):不参与流动,人们安心地生活在像"洛杉矶城堡"或英国小城镇或农村这样的安全环境里;在空间或时间上都安全的地方从事休闲活动。

生活在有活力地区的人们当然会很快通过各种途径从一个地方迁移到另一个地方;其他的旅行者可能会逃离无活力的地区,迁移到有活力的地区,但不会是有生机的开化地区,除非他们被雇用。当今世界中,一些新的开发区中不同形式的流动、旅行、电子信息、媒体图像、符号等,导致新的不平等格局。我们可以称之为"流动的不平等性",它与昔日社会性的和以地域为界限的不平等截然不同。这可能就是当代社会生活的全球化和时空转换真正的意义所在。

致　谢

在 1997 年日本仙台举行的地区比较研究国际会议上,我提交过一篇论文,本章就是在这篇论文的基础上完成的。我非常感谢菲尔·麦克纳顿(Phil Macnaghten)和布伦·车辛斯基(Bron Szerszynski)对初稿提出的宝贵意见。还要感谢格雷格·迈厄斯(Greg Myers)和马克·图古德(Mark Toogood)对最近"经济和社会研究委员会"的"全球公民权和环境研究"项目的全面评述。另外,1997 年 4 月我出席了在维也纳国际文化科学研究中心举行的会议"超越国界的文化——战后中欧国家的购物旅游者与旅行目的"。那次研讨会也让我受益匪浅。

参 考 文 献

Adam,B. (1995) Radiated Identities: in pursuit of the temporal complexity of conceptual cultural practices. Conference paper, 'Theory, Culture and Society' conference, Berlin, August.

Albrow, M. (1996) *The Global Age*. Cambridge, Polity Press.

Anderson, B. (1989) *Imagined Communities*. London, Verso.

Appadurai, A. (1990) Disjuncture and difference in the global cultural economy. *Theory, Culture and Society*, 7: 295—310.

Beck, U. (1992) *Risk Society*. London, Sage.

Braun, R. , Dessewfly, T. , Scheppele, K. , Semejkalova, I. , Wessely, A. and Zentai, V. (1996) *Culture without Frontiers*. Vienna, Internationales Forschungszentrum Kulturwissenschaten, research grant proposal.

Brunn, S. and Leinbach, R. (eds) (1991) *Collapsing Space and Time: Geographic Aspects of Communications and Information*. London, Harper Collins.

Burgess, J. (1990) The production and consumption of enviromental meaning in the mass media: a research agenda for the 1990s. *Transactions of the Institute of British Geographers*, 15: 139—162.

Busch, A. (1997) Globalization: some evidence on approaches and data. Conference paper, 'Globalization: Critical Perspectives' conference, University of Birmingham, March.

Castells, M. (1996) *The Rise of the Network Society*. Oxford, Blackwell.

Castells, M. (1997) *The power of Identity*. Oxford, Blackwell.

Cemy, P. (1997) Globalzation, fragmentation and the governance gap: towards a new mediaevalism in world politics. Paper presented at the 'Globalization Workshop', University of Birmingham Politics Dept, March.

Eade, J. (ed.) (1997) *Living the Global City*. London, Routledge.

Featherstone, M. , Lash, S. and Robertson, R. (eds) (1995) *Global Modernities*. London, Sage.

Friedrich, R. and Boden, D. (1994) *NowHer*. Berkeley, CA, University of California Press.

Gilroy, P. (1993) *The Black Atlantic: Modernity and Double Consciousness*. London, Verso.

Haraway, D. (1991) *Simians, Cyborgs, and Women*. London, Free Association

Books.

Held,D. (1995) *Democracy and the Global Order*. Cambridge,Polity Press.

Lash,S. (1995) Risk culture. Conference paper,Australian cultural studies conference,Charles Sturt University,New South Wales,December.

Lash,S. and Urry,J. (1994) *Economies of Signs and Space*. London,Sage.

Latour,B. (1987) *Science in Action*. Milton Keynes,Open University Press.

Latour,B. (1993) *We Have Never Been Modern*. Hemel Hempstead, Harvester Wheatsheaf.

Law,J. (1994) *Organizing Modernity*. Oxford,Basil Blackwell.

Michael,M. (1996) *Constructing Identities*. London,Sage.

Murdoch,J. (1995) Actor-networks and the evolution of economic forms: combining description and explanation in theories of regulation,flexible specialisation,and networks. *Environment and Planning A*,27 (73): 1—57.

Ohmae,K. (1990) *The Borderless World*. London,Collins.

Ritzer,G. (1995) *Expressing America*. London,Pine Forge.

Rose,N. (1996) Refiguring the territory of government. *Economy and Society*,25: 327—356.

Secrett,C. (1997) It must only get better,the *Guardian*,7 May.

Strathern,M. (1992) *After Nature*. Cambridge,Cambridge University Press.

Szerszynski,B. (1997) The varieties of ecological piety.*Worldviews: Environment, Culture,Religion*,1: 37—55.

Taylor,P. (1997) Izations of the world: Americanization,modernization and globalization. Conference paper,'Globalization',critical perspectives conference,University of Birmingham,March.

Therborn,G. (1995) *European Modernity and Beyond*. London,Sage.

Walby,S. (1996) Women and citizenship: towards a comparative analysis.*University College of Galway Women's Studies Centre Review*,4: 41—58.

Waters,M. (1985) *Globalization*. London,Routledge.

Wynne,B. (1994) Scientific knowledge and the global environment,in M. Redclift and T. Benton (eds) *Social Theory and the Global Environment*. London, Routledge.

第二章

英国高等教育国际化：
学生与高校的视角

汤姆·布鲁赫

■ 剑桥大学的古老建筑 (高耀丽 摄)

漫游学者（wandering scholar）这一现象已经有悠久历史了。几个世纪来，众多学生为了拓宽知识面、开阔文化视野而游学于各国。欧洲最著名的漫游学者或许要数鹿特丹的伊拉斯谟（Erasmus）。16世纪，他曾在英国从事研究和教学工作，作为纪念，20世纪的欧洲教育流动计划就以他的名字命名。近几十年来，世界各国留学生的数量已有大幅度增长，联合国教科文组织（UNESCO 1997）的统计显示：在1994—1995年度，留学生人数列前50位的东道国中，共接纳了1,502,040名留学生，比前一年增长了约13%。与之前相比，在最近25年，留学生人数增加超过300%。一些评论家认为，在今后25年时间里，世界留学生数量还将持续增长（Blight 1995）。

　　跨国学习日益普及的背后有着错综复杂的因素。商业和通讯的全球化不可避免地会对教育制度和教育目标产生影响。在这个越来越相互依赖的世界中，通讯网络正在迅速扩张，文化隔绝难以为继。就个人生存而言，拥有国际经验并能够流利运用重要的全球通用语言（尤其是英语）是极其有利和完全必要的。这一趋势既与个人的职业规划休戚相关，也与国家的远大抱负密切联系。相对而言，在其他发达国家获得专业知识、研究设备和基础设施更加容易，这种强大的吸引力也是推动教育国际化的因素之一。

　　人员输出国与东道国经济、政治状况的改善，有助于促进包括学生和高校教师在内的教育流动。许多学生利用私人资金或奖学金支付留学费用。他们在其他国家能够获得更多的择校机会，而在自己的祖国，教育机会和教育资源的增加并不能与学生的期望保持一致，因此，这些国家的学生有可能到国外留学。与一二十年前相比，当今的旅行速度及便利程度已经大大改善，学习的国际化前景也将更加光明。接收留学生的机构、国家和地区都设置了奖学金或交流项目以鼓励学生流动，譬如，英国政府提

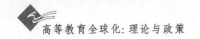

供的谢文宁奖学金（Chevening Fellowship）、欧盟的苏格拉底计划（SOCRATES）和莱昂纳多计划（LEONARDO）。

许多评论者对这类全球性趋势进行了分析，同时对学生到国外学习的原因做出了详细解释（参见 Cummings 1993；Davis 1996）。现在，人们在预测未来学生的流动人数是否将继续保持高速增长的趋势。然而，"市场"是由错综复杂的因素控制的，任何基于先前形势对未来数量进行预测的做法，都是一件冒险的事情。譬如，东道国接收留学生的能力是有限的，贾维斯（Jarvis 1997）已经注意到，澳大利亚"一些大学的学生数量正在达到饱和点"。近来，东南亚国家的通货膨胀则进一步推动了留学生流动的不稳定性。学生及其赞助者原有的坚定信念——对留学进行投资必定会得到他们预期的回报——变得不再坚不可摧，这在某种程度上也导致了来自东南亚地区的学生数量的减少。然而，总的来说，世界范围内留学生的数量在今后一段时间内将会继续增长。

英国高等教育中留学生的数量

在英国的留学生数量的增长反映了上述全球性的趋势。在1995—1996 年度，有 196,346 名留学生在英国公立高等院校（publicly funded HEIs）中学习（Higher Education Statistics Agency 1997），比 1994—1995 年度增长了 20%。自 1989—1990 年度以来，在英国的留学生人数增长了 127%（见图 2.1）。

1995—1996 年度留学生的主要输出国（地区）如下（括号中为留学生数量）：马来西亚（18,532）、希腊（17,053）、爱尔兰（16,711）、德国（12,383）、法国（11,296）、中国香港（11,283）、美国（8,596）、葡萄牙（7,248）、新加坡（6,780）、意大利（4,846）。来自上述这些国家（地区）的学生占在英国的留学生总数的近

60%。除美国外,前十名输出国集中在东南亚或欧盟。在1995—1996年度,英国高等院校的所有留学生中有近50%来自欧洲国家(包括欧盟成员国和其他欧洲国家)(见表2.1)。

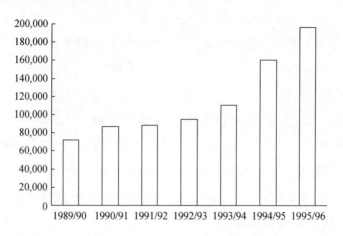

图 2.1 在英国的留学生的数量变化

在1995—1996年度,留学生占英国公立高等院校学生总数的11.4%,占全日制学生的13.1%。在研究生层次,留学生占研究生总数的22.3%,占全日制研究生的50.6%。显然,留学生是英国高等教育的一个重要组成部分。毫不夸张地说,没有他们,尤其在研究生层次,许多院校系科的性质将发生变化,他们将不得不为维持当前的教育供给水平而努力。

表 2.1 在英国的留学生的来源地分布

来源地	欧盟	欧洲其他地区	非洲	亚洲	澳大利亚	中东	北美	南美
比例(%)	43	6	7	29	1	5	7	1

留学生为什么选择到英国学习?

英国是最受其他国家学生欢迎的留学目的地之一。对许多留学生而言,一个需要考虑的重要因素是:英语是否作为交流工具。因此,大约有二分之一的外国留学生选择英语语系国家作为留学目的地。英国作为最主要的英语语系国家,无疑从其语言优势中获益颇多。然而,学生决定去英国而不去另一个国家留学,除了语言因素,还有很多其他方面的考虑。"高等教育信息服务托管会"(Higher Education Information Serviced Trust,HEIST)于 1994 年对学生选择到英国留学的原因进行了调查(HEIST and UCAS 1994),调查对象涉及 1,206 名大学生,来自 14 个非欧盟国家(地区)——包括马来西亚、中国香港、新加坡以及其他长期为英国输送留学生的国家或地区,这是近年来就此类问题展开的最全面的调查。调查结果显示,除了学习英语,留学生关注最多的是英国高等教育的资格认证和声誉良好的教育质量。

大多数在英国的留学生并不是必须要选择英国。然而,不断增加的留学生比例,却与英国高等教育的命运紧密相连,因为英国政府对高等教育的拨款正日益减少。在不断扩张的全球高等教育市场中,其他国家也希望它们的大学能够吸引更多的留学生。英国高等教育对外国学生的吸引力,以往主要依赖留学生输出国在历史上对宗主国(英国)的忠诚,以及这些国家的教育体系与英国的相似性,然而这一优势现在已不复存在。在决定去哪个国家留学时,学生或他们的资助者(政府或其他机构)将越来越关心接收国如何能更好地满足其特殊的需求,于是资格认证和教育质量就变得更加重要了。

英国为什么需要留学生?

英国大学需要留学生主要有两个原因:一是他们相信国际化能使大学的教育观念和文化观念多元化;二是他们希望通过招收自费

留学生增加收入。当然，并非所有大学对此都持有一致看法。这里所谓的"他们"可以指不同的人员和部门，其中有些人支持第一种观点，其他人则支持第二种观点。然而大多数人都会同意：上述两点都是国际化的推动因素。

多数人认为，对于英国所有层次的高等院校来说，国际化本身是不错的选择，而且高校的使命陈述也反映了他们的价值观。他们认为，来自其他文化传统和制度下的学生和教师能够为英国高等教育带来如下好处：拓展知识基础、扩大研究领域、提高研究声望以及丰富课程内容。外国学生和教师的到来，既能够拓宽本国学生和教师的文化视野，又可以使他们在更加宽广的领域里加强国际理解、感受多种文化的魅力。而且，英国大学对留学生的教育或许有助于留学生输出国的社会发展，甚至能为全球的政治与经济稳定作出贡献。

除此之外，强烈的生存本能也是激发英国高等院校走向国际化的重要原因。在当今社会，生存需要付出金钱的代价。在过去15年左右时间里，英国政府已经将高等院校重要的资金来源（即政府拨款）削减到难以维持其正常运转的水平。在20世纪80年代早期，英国政府鼓励公立高等院校向留学生收取很高的"全额"学费，与此同时，还颁布法规允许高校向留学生收取学费，并规定这种做法与1976年颁布的《种族关系法案》（Race Relations Act）不相抵触。在中央政府拨款缩减的背景下，大多数院校为迎接这一挑战，开始招收自费留学生。自费留学生为英国高等院校带来了额外收入，此项收入可由高校自主支配。在20世纪90年代末，当我们回顾英国高等院校前一时期的发展，可以得出如下结论：事实上，如果没有来自自费留学生的收入，所有高等院校都会感到经费异常匮乏，尤其是在研究生教育层次上，一些院系将会受到关门的威胁。

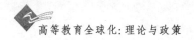

鼓励留学生到英国求学

正如高等院校所认为的那样，留学生能够为其带来精神和物质上的双重价值，因此他们费尽心力吸引留学生。大多数高等院校设有国际事务办公室，通过各种途径招徕留学生。譬如，在主要留学生输出国举办英国教育展览；在留学生输出国聘用当地代理者宣传英国高等院校；访问留学生输出国的学校、政府部门及其他相关机构；在留学生输出国的媒体上做广告；向英国文化委员会的图书馆提供高等院校的宣传材料等等。近些年来，许多英国高校都建立了海外分校，或者与其他国家的高等院校建立了合作关系。这些举措既为他们带来了额外收入，同时又可以鼓励外国学生到英国留学。

教育咨询服务中心（Education Counseling Service, ECS）是英国文化委员会的一个重要机构，主要从事高等教育的海外市场开发。它为大学和学院提供广泛的服务。教育咨询服务中心的职能包括：宣传英国的课程和资格证书；组织市场调查；提供市场信息和进行市场分析；组织展览和代表团以及为可能要到英国留学的学生提供咨询。

20 世纪 80 年代早期，高等院校的市场营销创举遭到了学生、教职工和利益相关群体的众多批评。他们指责招生人员没有为有希望来英国留学的学生提供关于课程、设备和招生程序方面的充足信息。并且，在确立制度方面，招生人员和行政部门或服务提供者之间通常缺乏沟通，这在某种程度上损害了留学生的利益。还有人批评高等院校使用了一些不恰当的招生策略。为了回应这些批评，英国留学生事务委员会（UKCOSA）和国际教育协会于 1987 年为各院校制订了一部实施条例，即《负责任的招生》（*Responsible Recruitment*）。这部法规后来成为英国文化委员会 1995 年制定的《教育机

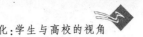

构与留学生工作规范》(*Code of Practice for Educational Institutions and Overseas Students*)的基础。《教育机构与留学生工作规范》对诸如留学生的期望、学术事务、市场交易行为、信息提供、入学程序、福利供应和投诉处理等方面做了详细规定。教育咨询服务中心的用户都要遵守这部法规,若有严重违法行为将会取消其会员资格。

还有其他一些法规与留学生需求有关。大学副校(院)长委员会(CVCP)在以下两部法规中,对高等院校的留学生招生工作提出了一些建议:一部是 1992 年颁布的《留学生高级学位管理》(*The Management of Higher Degrees Undertaken by Overseas Students*),另一部是 1995 年颁布的《在英国的留学生:大学副校(院)长委员会工作规范》(*International Students in the UK: CVCP Code of Practice*)。为了保证境外合作办学时提供的课程和学位授予标准与英国国内的相关标准保持一致,1995 年高等教育质量委员会(Higher Education Quality Council, HEQC)还制定了《高等教育境外合作办学工作规范》(*Code of Practice for Overseas Collaborative Provision in Higher Education*)。因此,整个高等教育领域,包括那些资格最老的大学,都已认识到关注留学生需求的重要性。

所有这些法规都不是强制性规定。事实上,大多数院校倾向于把它们作为一般的指导原则,对它们的建议也是有选择地执行,并根据重要程度区别对待。当时也没有外部机构对与此类法规相关的高等院校的表现进行积极监督。即便有违规行为,通常也是由个人或者利益受损者揭发出来,但这种情况很少发生。另外,几部相似法规并存,可能会分散高等院校执行相关规定的注意力。

然而,在《迪林报告》(*Dearing Report*)(National Committee of Inquiry into Higher Education 1997)发表之后,英国政府开始对高等教育为留学生提供的服务进行更加正式的标准化评估。作为此类评估的一部分,高等教育质量保障署(Quality Assurance Agency,

QAA)开始起草包括留学生在内的有关学生的指导和资助法规。值得期待的是,这部法规将会细化高等院校应该提供的服务,并对服务成效进行审核。目前,质量保障署正在修订由高等教育质量委员会颁布的有关国际合作的法规。

虽然高等院校没有积极贯彻现有法规,但这些法规还是起到了一定的正面作用。现在,大多数院校都做出了切实努力,确保留学生的特殊需求得到满足,其中包括在英国留学期间为他们提供的资助服务。然而,此举并非总是出于利他主义的动机。高等院校认识到,如果一所院校能使学生感到快乐,或者使学生成为"满意的顾客",那么,这些学生就会鼓励远在家乡、考虑到英国留学的朋友和同事,更加看好自己所在的院校。不管高等院校看重的是留学生带来的精神价值还是物质价值,近些年来,它们对与留学生有关的信息、建议和培训方面的需求已经有了显著增长。所有大学和许多学院现在都是英国留学生事务委员会的会员,该机构还出版了内容广泛的刊物,制定了培训项目并提供其他服务,以满足那些从事留学生招生和提供福利的高等院校的需要。

然而,这并不意味着英国高等院校在满足留学生的特殊需求方面已经取得了完全而明显的成功。总的来说,在近十年期间,英国高等院校花费了很大精力资助留学生,取得了不同程度的成功。但少数院校似乎只把满足留学生学术和非学术方面的需求停留在口头上,实际上它们只为教职工参与留学生事务和特殊项目提供非常有限的基本资源;少数院校则为留学生提供富有创造性的、全面的和有效的服务,并且随着留学生数量的增加,系统地改善其配套资源和各方面服务。大多数院校的情况处于这两者之间。即使在一所院校内部,各院系的服务质量也有差异。一些院校主要依靠学生会为留学生提供服务,其中一些学校的学生会在满足留学生需求方面表现优异,而其他的则根本没有注意到留学生的需求。在此情况下,留学生在英国学校中的体验,将主要取决于他们留学的院校以及所学专业的具体情况。

留学生在英国高等教育中的体验

来英国的留学生已经做出了一项积极的决定:他们离开熟悉的环境,将自己置身于陌生的国际环境中,他们也因此接触到了英国的学术、社会以及政府的各个方面。从这些经历中获取的信息与他们从其他渠道获取的信息截然不同,有时甚至自相矛盾。招生人员和宣传资料留给他们的印象是:英国欢迎留学生到他们的高等院校中学习。然而,随着他们到达之前、到达之初或逗留期间的实际经历的不断变化,最初留给他们的令人鼓舞的印象在不断褪色。我们没有必要对整个过程中不同部门对留学生的态度——数落,但整个高等教育系统中随处可见的障碍,足以证明英国高校并不那么欢迎留学生。

英国高等教育的入学程序,是由大学中心录取系统(Universities Central Administration System,UCAS)具体实施的。留学生的申请需要与英国本土学生入学申请的时间表和制度保持一致。然而,大学中心录取系统提出的大多数要求,与留学生的实际情况并不相符。并且,英国大学在入学时间安排上也没有考虑其他国家的情况。对许多申请者而言,大学中心录取系统所规定的"申请截止日期为每年的12月"并不符合实际情况。事实上,在截止日期之后,学生提出申请也能够被接受,但申请者对此情况并不清楚。申请必须通过大学中心录取系统,而不能直接向院校提出,这就延缓了申请获得批准的时间。上述规定与其他国家(如美国和澳大利亚)的申请程序也不匹配——这些国家的申请程序似乎更加灵活和反应敏捷。近来,大学中心录取系统对留学生的申请方式进行了一次评估,同时还对大学中心录取系统委员会提出了一些建议。然而,被

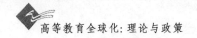

采纳的建议要在两年后才可能得到贯彻执行。

学生到英国留学还可能会遇到来自英国官方的障碍，如在签证过程中遇到的困难和入境后的移民控制。在获准进入英国之前，他们不得不通过很多审验程序，以证明其"真实的"学生身份。这样做并非英国一家，事实上所有国家都对外来移民进行控制。其他主要的留学生接收国，例如美国和欧盟成员国，都给留学生强加了许多条款。然而与某些国家相比，学生在获得英国签证时所面临的拖延态度，容易让人们形成这样一种印象：英国并不是全心全意欢迎留学生，至少可以说，有些国家的留学生比另外一些国家的更受欢迎。值得注意的是，"澳大利亚国际教育发展合作公司"（International Development Partnership Education in Australia）最近对澳大利亚、新西兰、加拿大、英国和美国等国进行了比较研究，结果发现，在外来移民程序的便利性和签证的易获得性方面，英国的表现最不受人欢迎（IDP Education in Australia 1997）。

毫无疑问，像外来移民控制这样的障碍，给留学生步入英国高等教育设置了一个关卡，而学费则是另一个重要关卡。英国向来自欧盟之外的留学生收取"全额成本"费用。目前，留学生的费用相当于英国国内自费生费用的五到十倍。根据"澳大利亚国际教育发展合作公司"的进一步调查，留学生在英国学习的费用高于其他参与调查的国家。不过，该公司的研究以及其他相关研究显示，如果把课程总时间这一因素考虑进去，英国处于比较有利的地位（IDP Education Australia 1997）。由于并不是所有学生都能支付起英国的高等教育费用，较高的学费水平和获得全额奖学金学生数量的减少，影响了学生流动。因此，有些国家的留学生人数要比其他国家更多一些。

当学生决定是否留学，或者决定到哪个国家留学时，另一个重要的影响因素是教育质量，不过这也是难以估量的因素。其中最重要的是学术质量，当然对所要去留学国家的生活质量也应该加以考虑。留学生对英国提供的高等教育质量给予了高度评价(HEIST and UCAS 1994)。然而近些年来,英国高等教育的快速扩张和经费问题,使人们担忧教育质量有可能下降了。当高等院校需要从中央政府以外的渠道寻求收入时,招收留学生就成了他们优先考虑的事项。当前英国高等院校对国际化的兴趣在多大程度上是由商业动机驱动的? 它在多大程度上体现了道义上的承诺,而这种承诺并不必然与增加收入相连? 对留学生制度的规定在多大程度上能够成为高等院校国际化战略规划的一个组成部分? 他们又在多大程度上为招徕留学生而添油加醋地宣传学校提供的教育设施?

近期,英国留学生事务委员会进行了一项小型调查[包括英国的十个机构,其中有三所新大学、六所老大学和一个学生会,这些机构遍及英格兰(南部和北部)、苏格兰和威尔士],要求被调查的机构回答:为了落实留学生招生工作,学校在课程国际化方面采取了哪些措施? 大多数回答者认识到了该项举措的重要性。不过,总的来说,相当多的课程改革力度还很有限。高等院校采取的主要措施包括:提供学习技巧、为留学生设置特殊课程以及与海外院校开展学术交流等。与此同时,他们也越来越对灵活的课程感兴趣,允许留学生在自己国家的合作院校读完两年课程,最后一年转入英国大学继续就读。

学习一国或多国欧洲语言,日益成为课程(尤其是工商管理专业课程)的一部分,虽然这些语言课基本上是为欧洲国家准备的,但也并不排除应其他国家或机构的要求而开设。英国与海外的学术联系主要是通过来自海外合作学校的学生——这些学生来到英国,是为了完成合作项目中规定的部分学业——和来自海外合作学校的教师来实现的。但是来英国高等院校进行访学和教书的外国学者并不太常见。尽管英国高等院校和政府都鼓励本国学生流动,但却很少有学生到海外求学。

约翰·贝尔彻(John Belcher)(1995)认为,所有的课程开发中都应该融入这样一种观点:如果没有国际视野,就不可能养成批判思维能力。许多年来，英国高等院校利用那些有国际经验的学者，在一些课程中加入了国际性内容。国际性要素不仅大量体现在发展性课程领域（development-related fields），而且也体现在像工商管理和设计等差异悬殊的课程中，这些专业招收的是研究生层次的留学生。而把国际性要素扩展到所有课程——包括本科生课程和那些主要为国内学生开设的课程——却很少获得成功。与第一级学位教育相比，研究生从事研究时会通过会议网络和出版物网络，继续与国际学术界保持联系（Davies 1994）；另一方面，有越来越多的证据表明，那些在其他国家留学的研究生意识到自己被国内同行孤立并且缺乏资助（Okorocha 1997），这一点对他们在本国学术圈的发展具有深远影响。

与许多其他留学生接收国相比，英国有为留学生提供支持性服务（support services）的传统，这方面英国仍然具有优势。随着留学生数量的增加，为留学生群体提供支持性服务的专业人员数量也在不断扩大，国际事务办公室的职责也随之增加。在国外宣传高等院校时，像这样为留学生提供专门的支持性服务的做法肯定具有吸引力。然而从另一方面看，这种相互独立的服务把留学生和其他学生分隔和孤立起来，可能会导致彼此的敌意。留学生与英国本土学生之间缺乏沟通是校园国际化的一个重大障碍。

在一项调查中，英国留学生事务委员会要求高等院校对其在创建"国际化校园"时的社会和福利方面的创新措施进行评价。在高等院校采取的措施中，使用最多的是通过提供多样化的饮食计划，满足不同宗教和饮食习惯学生的要求，譬如，为素食者提供素菜、提供清真膳食以及不同种族的菜肴等。另外，宗教方面的需求也在一定程度上得到了满足，高等院校为穆斯林学生提供祈祷设施，同时确保牧师能够对不同的宗教传统做出灵活反应。住宿方面采取的主要措施包括：在放假期间仍然允许留学生住在公寓内，提供一些单一性别的住所，还有学校将不同国家的学生安排在一幢公寓或一个楼层内。一般而言,高等院校都为新入学的留学生开设入门课程或指导课程,接下来还会组织其他活动和体育比赛——譬如,"文化周"或"国际妇女周"等。学生会在组织这些活动以及创建留学生协会和国内学生协会方面,发挥着非常重要的作用。

如前所述,留学生和英国本土学生进行交往时存在大量的困难,英国学生抱怨留学生总是聚在一起。大多数留学生的社交生活总是围绕着学生会打转转,而英国年轻人的文化则与酒吧和迪斯科舞厅紧密相连,这些活动通常并不适合于留学生。他们或许是年龄过大,或许是遵守禁酒的规定,或者说他们更乐意在同一性别的群体中进行社交活动。许多学生会都下设有国际协会,这对留学生来说甚为重要,因为该协会并不需要关照所有学生,而是注重满足留学生的需求。

高等院校通过培训从事留学生工作的教师,增强他们为满足留学生需求和期望的服务意识。然而,就像其他举措一样,这种培训目的在于帮助教师处理留学生中出现的"问题",而不是使他们自身的服务国际化。

虽然这些行动从理论上讲是有价值的,但他们究竟能为校园生活国际化做出多大贡献,很值得怀疑。更准确地说,他们仅仅改革了校园生活的边缘问题,校园生活的绝大部分仍未受到触动。实际上,就国际化和多元文化特征而言,英国某些高等院校的环境,还不如这些院校所在城市的环境好。不管是英国学生还是留学生,从他们的体验来看,上述举措都未能将国际因素充分融合进他所在院校的教学、研究、服务和行政管理之中。

追求国际化?

高等院校国际化究竟需要具备什么条件? 追求国际化不仅仅

是为了增加收入而增加留学生的数量；也不仅仅是把教师和负有招生使命的市场营销人员派到海外，向拥有潜在市场的国家（如在本科教育、研究生教育或技术教育方面供应不足的国家，或在英国教育拥有特别高社会声望的国家）"出售"教育；更不仅仅是增加一些特殊服务或人员，来迎合留学生的需求。一所院校要想真正实现国际化，必须使国际化渗透到它的每一个角落。

奥尔堡大学（University of Aalborg）①校长斯文·凯斯波森（Sven Caspersen）1997 年在欧洲国际教育协会的一次会议上谈到，应该把国际化描述为对下述领域的影响：课程、语言培训、海外学习或培训、外语教学、接收留学生、雇用外国教师或客座教师、提供外文教学资料、培养博士留学生等等。与培养留学生的文化敏感性（当然，这完全是必要的）相比，上述领域的变革需要更进一步加强，因为这些领域会对留学生的所有教育项目的性质产生影响。

奈特（Knight 1995）从"活动"（activity）这一角度研究了国际化问题，他把国际化作为一项由课程、学者或学生交流与技术合作组成的推广活动。在英国，这或许是最主要的国际化问题的研究方法。其他研究角度还包括："能力"（competency）——这种研究视角强调学生和教师的技术、态度与知识的发展；"过程"（process）——这种视角强调将国际要素与高等院校的主要职能相结合；以及"民族气质"（ethos）或"组织"（organization）——该视角强调培养一种民族气质或文化，使跨文化和国际的视角与行为受到重视和支持。所有这些研究视角并不是相互排斥的，从理论上来看还应该是相互支持的。

目前，英国高等教育把商业因素放在首位，似乎是一件冒险的事情。每位留学生每年交纳 6,000 到 15,000 英镑的学费，是再正常不过了。尽管有个别教师或院系凭借自身的能力，致力于实现高等

---

① 原文中的 Aarlborg 应为 Aalborg，原文拼写有误。——译者注

教育的国际化,但是这种做法在当前盛行的财政问题面前不免黯然失色。其他国家也存在类似的问题,譬如加拿大、美国、澳大利亚和荷兰都把高等教育国际化的重点放在学生与教师流动、课程开发、语言技能开发以及本国学生的国际化方面。教育国际化——也就是提高教育对国际需要的关切程度——日益被视为一种"必需品",而不是"奢侈品"。在当今时代,有研究者已经将高质量的教育界定为国际化的教育(Johnson 1997)。

英国高等教育中国际化课堂的未来

在讨论今后几十年要发生的事情,以及高等教育如何应对面临的挑战时,如果英国高等院校无视国际因素的影响,它们就要自担风险了。仅就经费问题而言,我们就应该鼓励高等院校把注意力集中到海外顾客身上。那些认为英国政府将会改变经费资助制度,从而使高等院校不再需要依赖自费留学生的看法,是毫无根据的。然而,仅仅依靠留学生这一狭窄渠道来增加收入,又很可能会使英国高等院校"自拆台脚"。我们能保证未来会有充足的自费留学生源源不断地来到英国吗?在未来几年里,参与留学生竞争的国家数量很可能会增加,美国、澳大利亚和加拿大将继续成为有吸引力的留学目的地国家,其他国家也可能脱颖而出,成为英国重要的竞争对手。譬如,中国的一些地区正跃跃欲试,以吸引更多自费留学生,尤其觊觎来自东南亚地区的学生,而这一地区正是目前英国高等院校留学生的主要来源地。

随着发展中国家高等教育基础设施的改善,那里的学生希望在其他国家获得入学机会的需求可能会减少,也就是说,国际教育需求的性质可能会发生变化。发展中国家的决策部门可能会更加强调与外国高等院校创建合作伙伴关系,以使各方共同受益,而不是鼓励本国学生到英国或其他国家留学。他们不会仅仅为了获取英国式的教育,而听任金钱流向英国。尽管许多国家当前还不具备获取新技术的能力,但毫无疑问,技术将会成为一个重要因素。如果你能通过个人电脑得到适当的教育,为什么还要到国外去留学呢?

随着留学生输出国为学生提供入学机会的增加以及国际化教育的发展,这些国家或那里的高等院校为什么还要求助于英国呢?如果要比较迷人的沙滩(尽管全球正在变暖)、学期的灵活性以及提供低成本的课程等方面,英国很难与其他国家竞争。然而,英国在为留学生提供高质量的学术课程以及优越的支持性服务制度方面仍具优势。对此,许多院校信心满满。将来在各所高等院校之间将出现一个质量市场,要想成功地吸引留学生和国外教师,高等院校必须确保认真对待他们的学术质量,并提供高质量的教育。在相关法规的要求下,高等院校越来越需要对他们的绩效进行评估,并对院校制度进行必要的改进。新的"国际化质量评估程序"(Internationalization Quality Review Process, IQRP)已在经济合作与发展组织的资助下制订并开始实施,这将进一步促进和激励英国(与其他竞争国)开展教育评估,提高他们在国际背景下所提供的教育质量。

不管是英国国内的高等教育,还是与其他国家高等院校合作的海外高等教育,或者通过网络、视频会议和其他电子媒介提供的远程教育,对教育质量的关注仍要放在首位。虽然他们遵循的法规和质量评估过程,可能会因其教学方式的不同而发生变化,但面临的主要问题是相同的。

尽管预测未来是一件冒险的事情,但是所有迹象都表明,未来是国际化时代。皮特·斯科特(Scott 1997)认为:"所有的教育都将成为国际化教育。如今,我们把国际化教育作为民族国家教育体系的次要部分和附加功能,这一观念已不合时宜。"《迪林报告》(*National Committee of Inquiry into Higher Education* 1997)并没有就高等教育的国际化议程进行细致的探讨，这一现象值得我们注意。如果英国高等院校不能抓住当前国际化的机遇，他们将难以为未来做好准备。

参 考 文 献

Belcher, J. (1995) Thinking globally, acting locally: strategies for universities. *Journal of International Education*, 6(3): 7.

Blight, D. (1995) *International Education: Australia's Potential Demand and Supply*. Canberra, IDP Education Australia.

British Council (1995) *Code of Practice for Educational Institutions and Overseas Students*. London, British Council.

Committee of Vice-Chancellors and Principals (1992) *The Management of Higher Degrees Undertaken By Overseas Students*. London, CVCP.

Committee of Vice-Chancellors and Principals (1995) *International Students in the United Kingdom: CVCP Code of Practice*. London, CVCP.

Cummings, W. K. (1993) Global trends in overseas study, *International Investment in Human Capital: Overseas Education for Development*. New York, Institute of International Education.

Davis, J. L. (1994) Developing a strategy for internationalization in universities. *UKCOSA Journal*, April 1994.

Davis, T. A. M. (ed.) (1996) *Open Doors 1995/96: Report on International Education Exchange*. New York, Institute of International Education.

De Wit, H. (1995) *Strategies for Internationalisation of Higher Education: A Comparative Study of Australia, Canada, Europe and the United States of America*. Amsterdam, European Association for International Education.

HEIST and UCAS (1994) *Higher Education: The International Student Experience*, Leeds, HEIST.

Higher Education Quality Council (1995) *Code of Practice for Overseas Collaborative Provision in Higher Education*. London, HEQC.

Higher Education Statistic Agency (1997) *Students in Higher Education Institu-

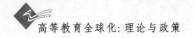

tions. Cheltenham, HESA.

IDP Education Australia (1997) *Comparative Costs of Higher Education Courses for International Students in Australia, New Zealand, the United Kingdom, Canada and the United States*. Canberra, AGPS.

Jarvis, C. (1997) Australia: a new force in international education. *Journal of International Education*, 8(1).

Johnson, L. (1997) The Internationalisation of Higher Education in the Netherlands. *Journal of International Education*, 8(1): 22.

Knight, J. (1995) What does internationalization really mean? *UKCOSA Journal*, January 1995.

National Committee of Inquiry into Higher Education (1997) *Higher Education in the learning Society: Summary Report* (the 'Dearing Report'). London, HMSO.

Okorocha, E. (1997) *Supervising International Research Students*. London, *Times higher Education Supplement* and Society for Research into Higher Education.

Scott, P. (1997) International education on the eve of the election. *Journal of International Education*, 7(3): 3—4.

UKCOSA: The Council for International Education (1987) *Responsible Recruitment: A Model for a Code of Practice for Institutions Involved in the Education of Students from Overseas*. London, UKCOSA.

UNESCO (1997) UNESCO *Statistical Yearbook*. Paris, UNESCO. (The latest table on tertiary level foreign students can be accessed at UNESCO's web site: http://unescostat. unesco . org/yearbook/ybframe. htm.)

第三章

英国高等教育国际化：
政策的视角

大卫·艾略特

■ 牛津大学基督教学院（高耀丽　摄）

本章对"国际化"的理解是：为使高等院校更好地迎接经济和社会"全球化"带来的挑战，政府所做的系统而持续的努力。自1979年执政以来，英国保守党很少提到"高等教育国际化"问题，但这并不重要，重要的是我们可以从英国政府的一般性政策（包括教育政策）的本质中，解读出高等教育国际化政策的内涵。我们将这些政策的主旨概括为：为了使英国贸易在欧盟更具国际竞争力，尤其是使英国能够开拓亚洲和拉丁美洲市场，必须促使拥有技能的人力资源流动起来。这些政策受到了这样一些信念的驱使：崇尚市场力量和个人主义、怀疑社会工程（social engineering）①的作用、原则上反对贸易限制。如果说高等教育在广义上包含了特定的国际化目标，那么通过向自费留学生出口教育服务，就是最大限度地体现了该目标的价值。这一立场在任何一个政党执政期间都不可能发生重大改变。

英国高等教育国际化政策的指导思想

从法律上讲，英国大学是自治组织。在大学的使命陈述中，我们可以发现各种各样关于国际活动方面的承诺。学术团体能够在一定范围内自行决定国际性学术事务的议程。然而，仅有少数高校能够从政府以外的渠道获得充足的资源，并独立自主地从事国际交流活动。公共投资体系直接或间接地制约着大学国际化运作的可能性及其活动方式，于是"管理"因素和纯教育因素共同决定了高校的国际化水平。英国高校最重要的公共经费来源

①　一般来说，社会工程有两个含义：一是指运用科学技术手段解决社会问题的项目；二是指在一定的哲学思想指导和社会逻辑支配下，综合运用科学技术手段进行社会建设的实践活动。例如，在20世纪中叶，在凯恩斯思想指导下，英国在教育、医疗、住房、社会保险等方面实施的国家福利制度。——译者注

于高等教育拨款委员会（Higher Education Funding Council）。它是某些政府部门（如英格兰教育与就业部）的衍生机构，除了履行欧盟赋予的国际化职责外，没有权力从事其他国际活动。

从某种意义上说，政府内部任何一个机构都可能用一致的口径阐述对高等教育目的的看法，因此，把高等教育拨款委员会的观点视为英国政府的声音也是合适的。英格兰高等教育拨款委员会（HEFCE）最近重新阐述了高等教育的目的，其中使用了这样一些标题：

- 文明教化；
- 发展、保存和传播知识；
- 满足经济和工业发展的需要；
- 满足学生的期望和要求；
- 服务于社区发展需要；
- 作为贸易活动的高等教育。

接下来，高等教育拨款委员会谈到：

> 现在，高等院校更加明确地注重为年轻人的职业做准备，同时对工商业的需要做出回应。如何保持功利性和非功利性目标之间的平衡，是高等院校未来面临的挑战。高等教育的经济功能固然重要，但从长计议才是高等教育的根本所在。我们不应该仅仅把高等教育看成是一种就业"过滤器"，高等教育的目的也不仅仅是为学生的第一份工作做准备。

> （HEFCE 1996：6）

我们认为，无论是这份声明的字面意思还是言外之意，其重要性都不言而喻。首先，坚持高等教育非功利性目的的诉求，反映了"市场伦理"带来的强大压力。自1979年以来，市场取向得到了英国政府的大力支持,高等教育拨款委员会对此也有所认识,并且做了补充说明:"市场力量、学生选择和院校的自我利益应该继续成为改革的主要工具。"其次,除了"作为贸易活动的高等教育",高等教育目的中并没有明确提到国际化问题,这反映了英格兰高等教育拨款委员会权力的局限性——其法定职责仅限于英格兰地区;这从另一方面也表明英国不愿像有些国家那样运用"国际化"这样的措辞。相比之下,英国政府倒是满怀信心地提出:必须"支持一批世界一流大学,使其能与世界上最好的大学匹敌"。同时高等教育拨款委员会毫不掩饰地指出,1994—1995 年度大约有 20 亿英镑的研究合同来自海外(HEFCE 1996:6)。

由此可以看出,如果不能获得公共投资,大学就要从其他渠道(包括一切海外活动)中寻找资源。由于大学中的研究人员从来都不缺乏国际意识,因此许多人都热衷于国际化活动。另一方面,自 1945 年以来,英国与发展中国家建立起一种纯粹的利他主义关系,其中最引人注目的是,英国援助英联邦国家新建了一批大学。这项援助活动最初是由大学合作理事会(Inter-university Council,IUC)[它是一家由英国大学掌管的合作公司,后来被英国文化委员会(British Council)接管]组织的。正如约翰·戴维斯(John Davies)提醒我们的那样:"虽然欧洲化理想很快就变成了现实,如布鲁塞尔基金已经向欧洲的大学开放,一些大学也宣称希望利用欧洲共同体基金,但就观念而言,欧洲化理想本身还是对国际化起到了促进作用。"(Davies 1995)

英国政府是通过外交和英联邦处(Foreign and Common-wealth Office)(连同英国文化委员会)与海外开发署(Overseas Development Administration,ODA)向大学的国际活动提供资金的。前者从增进国家利益的角度出发,为那些在英国就读的有才华的学生提供奖学金和其他奖励，或者援助前共产主义国家转轨；后者则提供项目经费，以促进第三世界国家的发展。

然而，与英国政府提供的资金相比，由欧盟、其他国际组织、外国政府及其公民提供的资金对英国大学的意义更为重大。英国大学在法律上的自治地位至关重要，这可以保证来自海外的收入全部归大学所有，而没有高等教育拨款委员会的份。英国政府鼓励高校从事国际贸易活动，原因在于高校的海外收入在英国国际贸易收支平衡方面做出了重大和积极的贡献；与此同时，那些对英国高等教育满意的外国顾客也能给英国带来利益。英国高校必须利用外国资金来维持研究和教学活动的开展，否则就会在经费方面捉襟见肘（即便如此，有时人们对高等教育争取和保持国际竞争力过程中的投资成本还会估计过低）。

至此，我们可以作一小结。英国政府、高等教育拨款委员会以及日益活跃的高等院校，在高等教育国际化进程中的相对重要性，我们可以用图 3.1 表示：

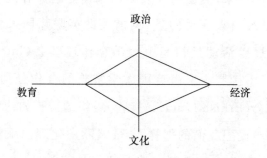

图 3.1　英国国际化政策的指导思想

值得注意的是，高等院校并不重视在海外学生中促进英国民族文化和语言的普及，部分是因为它不是高等院校的主要任务，而是英国文化委员会的职责。除此之外，我们必须承认，在一个使用世界通用语言又具备多元文化的国家中，英国高等院校里潜藏的"免费"语言教育环境也使其国外合作伙伴和顾客趋之若鹜。

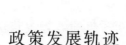

政策发展轨迹

直到 20 世纪 60 年代,英国高等教育还是少数大学关心的事情。与许多其他国家的大学相比,英国大学具有以下两个典型特征:一是奉行社会和学术上的精英主义,二是大学高度独立于政府管制。自 20 世纪 80 年代后期开始,大学生均公共经费在不断削减,大学的"外部问责制度"(external accountability)代替了先前学术管理委员会的托管制度。在此背景下,英国的多科技术学院纷纷创建起来(随后升格为大学),整个高等教育系统的规模也快速扩张。这些导致高校领导"管理主义"的滋长,事实上就是要求大学像大中型企业那样进行管理。英国有鼓励学生离开家乡到外地就读的传统,但现在学生却成为各所大学进行竞争的"顾客";此外,把工业界作为大学签订研究合同的对象,已经成为人们的共识;专业的教育"推销员"与日俱增,他们正积极地在世界范围内寻求发展机会。

英国政府坚信,任何活动领域的效率和效果都直接取决于顾客选择范围的大小,市场取向的日益盛行就是该信念的体现。如果一个组织有创业精神、愿意冒险和奖励独创精神,他们就能取得成功。因此,和其他领域一样,在高等教育发展中,英国政府的作用"仅限于为大学自由竞争的繁荣创造条件,具体活动和结果应该由市场而不是政府来决定"(Scott 1996:4)。

反对社会工程的思潮可以追溯到"撒切尔主义"之前。比如,有人曾认为,教育是受教育者个人或他们的监护人应该关心的事情,而 20 世纪国家统一的学校教育制度却滞后于这一观念,甚至与这一观念存在冲突(事实上,直到 20 世纪 80 年代,在学校课程中,宗教课是唯一由法律明文规定要开设的课程)。同样,在 20

世纪 60 年代之前，许多高等院校之所以能生存，应归功于当地工商界自发的独创精神。

基于这样的背景，1988 年的教育改革法案提出高等教育的主要作用之一在于"更加有效地服务于经济，同时与工商业界保持密切联系并鼓励创业精神"（*Education Reform Act* 1988），也就不足为奇了。值得注意的是，1995 年成立的"教育评估部"（Department of Education Review）[后来并入到国家高等教育调查委员会（National Inquiry into Higher Education）。该委员会于 1997 年向国会提交了著名的关于英国高等教育改革的《迪林报告》]提出了三条基本评价标准，其中之一就是高等教育在"建设现代化和有竞争力的经济"方面发挥什么样的作用。事实上，从 1995 年就业部和教育部合并，科学与技术处（包括研究委员会在内）改为工业贸易部，我们完全可以发现组织变革折射出的政府意识形态的变化。

或许英国政府关于教育（包括高等教育）作用更明确的描述，体现在 1994 年以后发表的三份《白皮书》和 1993 年发表的报告《实现我们的潜能：科学、工程与技术的发展战略》（*Realizing Our Potential: A Strategy for Science, Engineering and Technology*）（Department of Trade and Industry 1993）中关于"竞争力"的论述上。最后特别需要考虑的是，大学如何更好地培养适应劳动力市场需要的高层次科技人才。"竞争力"报告出台的背景是：冷战已经结束，市场经济遍及世界各地，这对像英国这样的贸易国家来说是历史性的机遇。贸易收入占英国国内生产总值的25%，与美国占 10%相比，只占全球人口 1.1%的英国却占世界贸易总额的 5%。国家竞争力主要取决于劳动力素质，英国需要通过经常性地与其贸易竞争对手比较劳动力素质的高低，确立本国劳动力素质标准，并设法达到这些标准。简言之，英国高等教育的目的就是"培养欧洲最合格的劳动力"（Department of Education and Employment and Cabinet office 1996：21）。

还没有一个政府对高等教育的国际作用发表过如此声明。虽然在有些国家，政府通过政策文件表明，高等教育是使学生实现"国际化"的一个机会（其中还包括像"普遍性的人权"、"通过教育促进国际理解与和平"这样的措辞），英国政府却对上述措辞一直不以为然。然而，英国已经同意参与如"苏格拉底"计划这样的欧盟项目——这些项目试图增进欧盟各国在文化、政治、经济和社会方面的相互理解，以便凸现"欧洲维度"（Davies 1995：47）。（在回应1992年《高等教育备忘录》时，英国教育部谈到，政府的目标就是把欧洲维度渗透到高等院校的日常实践中去，但政府不对学校的行动方式做出具体规定）（DoE 1996）。确实，如今英国中小学更加重视外语教学了。尽管参与伊拉斯谟计划①的学生仅占欧盟学生总数的14％，但在所有参与该项目的学生中，英国学生占18％—19％（虽然英国每输出两名学生，就会接收来自其他欧盟国家的三名学生）。英国高等院校与研究机构实际接收的来自欧盟项目的学生，可能要超过按照严格的公平交换原则接收的学生。尽管如此，人们还是怀疑欧洲存在"联邦主义"和"成本同盟"的倾向（相当多的成本是由于伊拉斯谟计划中人数交换不平衡所致，也有一些成本是由"免费流动者"造成的。1995—1996年度，英国高等院校接纳的欧盟国家学生达到81,000人）。1996年欧盟委员会（European Commission）发表了《教育、培训和研究：跨国流动的障碍》（*Education，Training，Research：The Obstacles To Transnational Mobility*）绿皮书，提出增加经费的建议，然而此建议不太可能得到英国政府的支持。

在此，有必要回顾这样一个事实：随着1980年开放和非歧视性资助政策的废除（因为当时确立的学费标准远远低于培养成

---

① 伊拉斯谟计划是"欧共体促进大学生流动的行动计划"的简称。该计划的主要目的是组织和资助欧盟成员国的高校教师和学生在欧洲不同国家进行教学和学习，培养具有欧洲意识的高级人才。——译者注

本），英国的留学生政策发生了变化。英国政府打算让欧盟学生与来自世界其他地方的学生一样，承担全部学费，但这项政策后来通过法律途径得以改变，从而使欧盟学生与英国本土学生一样享受免费教育。由于英国政府面临为欧盟学生提供免费留学生教育而带来的财政压力，因此，英联邦国家政府担心，英国可能会因此而向他们国家的留学生收取比目前更高的学费。

事实上，正是英国政府想方设法获得资金的指导思想，导致了 1980 年留学生政策的变化。由于英国教育部几乎没有意识到教育能够赚取海外"收入"，因此，对于留学生学费政策的 180 度大转弯，英国外交部与海外教育行政机构显然同样吃惊，在当时的学术界也引起了很大震动。原因在于，这项政策既会影响到大多数来自最贫穷国家处境不好的学生（为了对此问题做出回应，英国政府随后引进了一揽子改进措施），又会使政府根据高等院校过去获得的留学生补助金的估计值而裁减其公共资助额度。为了避免教学与研究项目经费大幅减少，高等院校除了说服留学生"英国的学位值得他们支付（相当大的）一笔费用"，以弥补部分收入损失之外，别无选择。直到 1984 年，在英国的留学生数量才恢复到 1980 年以前的水平，这在很大程度上归功于英国在环太平洋国家的努力宣传。到 1995—1996 年度，除欧盟外，亚洲是英国最重要的留学生来源地。欧盟学生与英国学生一样，所交学费仍然是象征性的，并且欧盟学生的人数是由高等教育拨款委员会控制的。与 56,000 名亚洲学生相比，仅有 13,000 名留学生来自非洲，南美洲的留学生人数与非洲基本相同。

许多欧盟学生到英国留学是为了提高他们的英语水平，或者说是为了获得不同的文化体验，而自费留学生的目的却并非如此，他们最想得到的是国际认可的资格证书。因此，只有在对澳大利亚或美国提供的同类"教育产品"进行一番是否物有所值的评判之后，他们才会选择到英国留学。与留学生的到来会增加英国本土学生国际化的体验相比,使留学生相信到英国学习是一笔"更好的交易",学成之后把他们作为母校的非官方代表派遣回国,会得到校方的优先考虑。英国高等院校中有很多欧盟学生,部分院校的欧盟学生人数甚至多到使该校在留学生比例方面接近"国际化"的程度。然而,由于人们更容易把欧盟学生的存在视为理所当然,因此,在使英国本土学生拥有国际化体验方面,他们所能产生的影响非常有限。与此同时,他们也很少能对大学当局施加财政压力。但是,欧盟学生的存在却使得英国高校中平均不少于11%的学生是外国留学生。如果运用与美、德等国相同的关于"国际化"的界定,那么,英国高校的留学生比例要远远高于美国、澳大利亚和德国。但是,如果国际化意味着课程、教学人员、教学语言、研究取向或质量保障制度已经发生明显改变,从而使英国本土学生能够体验到"国际维度"的影响,那么,根据留学生所占比例推断出英国高等教育已经实现"国际化"并不一定正确。

因此,我们迫切需要确立判断一个人是否具有国际化头脑的标准。如果"国际化"标准中较少考虑国际"维度",而更多考虑"国际化在更广泛意义上对改进高等教育质量所作的贡献"(Van der Wende 1996:59),那么,或许我们可以说,高等院校重点招收自费留学生,确实可以使英国本土学生获得物质上的好处。然而,自费留学生是否可以在英国校园里生活得更加自信,成为英国校园里更加引人注目的群体,则还存在争议。

尤利奇·泰希勒(Ulrich Teichler)通过与其他国家进行比较和仔细考察后发现,相对而言,英国学生参与伊拉斯谟计划的态度不太积极,因此,他认为英国是"通过进口实现国际化"的一个例子(Teichler 1996)。他写道:"英国主要依靠留学生和外国学者付出的努力来实现国际化……(英国)期望人们将世界其他地方的知识带给他们,并运用英语来获取这些知识。"毫无疑问,在体现世界性的部分特征(如掌握多种语言)上,英国依然相对落

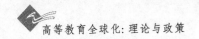

后，但这是否会导致英国学生与国际主义者提出的种族和文化多元化的要求脱节，目前还不太清楚。

出于财政（而不是国际化本身）的需要，英国至少在质量保障方面开创了"虚拟"国际教育（例如海外课程传授）质量保障的新形式。与其他欧盟国家一样，为了实现欧洲维度，英国国际化的战略重点从学生流动转变为课程改革。伊拉斯谟计划最初设定的 10% 的学生流动目标，已经被证实为是好高骛远之举。导致这一结果的重要原因是学生流动的费用太高，因此，目前在世界范围内出现了在海外学习替代学生流动的发展趋势。学生通过下述途径获得外国的资格证书：各种类型的远程教育；越来越多地参与国内与境外的合作项目（这些合作项目已经由海外机构授权、认可）；就读于海外院校在国内建立的分校——海外院校的声誉能够使这些分校在国内享有相应的学术地位和尊重。毫无疑问，英国高等院校参与这些合作项目的主要诱因是财政需要。尽管如此，由于最终"出售"的是院校声誉，英国因此制定了相应的教育行为规范，并采取多种措施要求高等院校遵守这些规范，这样做可能会减少人们因空间距离和文化上的巨大差异而对院校声誉受损的担心。事实上，目前不管是国内还是海外，高等院校的课程都要接受外部审核。审核的指导原则是：向海外传授的课程在所有的基本方面，都应该与国内传授的课程水平相当，同时也要考虑教学的地方适应性问题（比如对当地语言的认可）。换言之，为了实现欧洲维度，在某些方面或许有必要"按照客户的要求量身订制"课程。

政 策 实 施

从上文分析可知，英国显然没有为国际化政策制定专门计划或建立专门机构。如果按照斯凯尔贝克(Skilbeck)和康奈尔(Connell)的观点,情况更是如此。斯凯尔贝克和康奈尔认为,如果国际化仅仅意味着通过双边协议和招收留学生等策略来实现民族国家的一己私利,这种国际化必定是"贫乏无力的"——言下之意,这样的国际化与非民族主义者致力于文化和自然环境保护的行为相比,几乎不值一提(Skilbeck and Connell 1996)。

然而,如果我们承认自我利益与其他利益有时可以并存的话,那么,这方面的一个例子就是,英国政府为推动高等教育国际化进程而设立的具有特定对象的奖学金项目,如谢文宁奖学金(Chevening Scholarships)和技术合作培训奖励计划(Technical Co-operation Training Awards)(不过,如同所有发展援助项目一样,人们主要依据它们对社会、经济和政治发展的影响,而不是它们对"国际化"进程的影响,来判断这些项目的实际效果。英国海外开发署确实接受了世界银行的暗示,在最近颁布的教育政策中,重申以前关于高等教育的"基本"主张,因为这些主张为英国带来了较好的社会收益率)。除了其他的经济合作与发展组织国家外,英国在第三世界国家或前共产主义国家中都有技术转让项目,如高等教育国际合作基金(Fund for International Cooperation in Higher Education, FICHE)项目和技术(*Know-How*)基金项目,它们被用于发展这些国家的经济或帮助这些国家实现经济转型。总的来说,英国政府每年投入 1.2 亿英镑的奖学金资助留学生。与此同时,英国还另外投入 2 亿英镑以资助欧盟学生(这相当于四所中等规模大学每年所需经费的总额)。或许大家会产生这样的印象:英国大学俨然成了学术性企业,但我们需要注意,高等教育国际合作基金项目最近进行的一次评估显示,在 1993—1996 年间,英国政府通过基金项目的方式,300 万英镑的现金投入却获得了由英国高校创造的 5,400 万英镑的产出(英国大学教师慷慨地把他们的时间和专长捐给了发展中国家大学里的同行)。

同时，为了增进英国在海外的利益，作为非政府组织，英国文化委员会通过国际学术合作，每年大约赚取 1.3 亿英镑的收益。另外，本着成本分担的原则，仅在西欧，英国文化委员会每年都要建立 1,300 个科研合作项目。例如，1983 年英国与西班牙合作组建了一个联合行动项目（Acciones Integradas），经费来自两国政府，每年双方投入 1.14 亿英镑。最近一项调查显示，通过这个研究项目获得资助的研究机构，可以获得 5,400 万英镑的追加资助（其中 4,700 万英镑来自欧盟项目）。到目前为止，该合作研究项目已取得了丰硕的成果：在正式期刊上发表了 1,000 多篇文章，出版著作 35 部，召开会议 61 次，获得专利 6 项。近些年来，英国与西班牙的合作项目已经涉及两国 80% 的大学，这为发展两国间的关系做出了重大贡献。

众所周知，除英语教学之外，英国文化委员会还通过教育咨询服务中心（Education Counselling Service）与其他国家的高等院校建立合作关系，以鼓励外国学生到英国留学。在自费留学生招生竞争日益激烈的情况下，大约有 260 所院校出资委托英国文化委员会组织有关展览、安排访问计划以及发放宣传材料等等。

国际化对英国高等教育系统的影响

为了实现高等教育国际化，招收更多的自费留学生，一些欧洲国家的大学用英语开设课程，吸引那些不能或不愿运用除母语或英语之外的其他语言进行交流的外国教师和学生。这一现象不但发生在像荷兰这样的小语种国家，而且也存在于那些使用世界主要语言的国家（如德国）。当然，英国没有必要强调外语教学了。人们对英国学者或学生是否有必要掌握外语还存在争议：应该学习哪些外语？这些外语能在多大程度上可以帮助英国拓展与其他国家的合作空间（而不仅仅是向其他国家出口产品），以致英国人必须同时使用英语和其他语言？虽然有很多英国人在学习外语,大量的工作也需要外语作为辅助工具,但这并不意味着英国人要像母语不是英语的人那样,迫切需要学习外语。对于大多数英国人来说,因为不存在外界的压力,熟练掌握一门外语,仅仅是一项"额外"的技能。

与其他国家的学生相比,英国学生可以获得纳税人的慷慨资助。不仅仅学生的第一级学位(first degree)课程学费由地方政府支付,而且大多数学生可以申请获得日常生活费用的资助。对于需要出国完成必修课程的学生,他们也可以在国外享受这些权利。不过,英国并没有规定出国学生的比例,而有一些国家,如挪威,已经在贷款和津贴制度中对此有明确规定。这或许是因为英国的学位课程时间相对较短而且课程集中设置(直到最近,大多数课程才实现非模块化),使得学生中途到英国学习变得更加困难。另外,除了北美地区和若干英联邦国家,除非是专攻语言专业的,很多国外学生到英国留学还存在语言方面的障碍。

国际化对英国高等院校产生的最显著影响,可能是它催生了一批专门从事教育出口的部门和人员。事实上,所有大学都建立了从事国际宣传、招生、合同谈判、广告、资金筹集、校友联系以及福利资助等活动的团队。出现这一趋势,固然与高等教育大众化以及随之而来的高等院校收入渠道多元化有关,同时,非欧盟学生的高额学费成为英国高校的收入来源以及海外办学机会的激增,也是推动英国高等教育国际化的因素。

大多数英国高校无需调整其福利制度和膳宿安排,便可以接纳留学生。其原因在于:英国学生有离开家乡到外地求学的传统,而且由于他们外出求学时年龄通常都很小,因此,英国高校在住宿、社会福利和医疗等学生服务方面已经有很多前期投资。同样,在英国这样的种族多元化社会中,满足留学生的宗教或饮食的不同需求也比较容易。

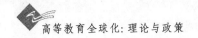

结　　论

人们一般认为，"国际化"是经济全球化带来的商业挑战，同时也是对经济全球化的一种回应。但是英国舆论并没有为"欧洲化"进程创造积极的气氛。欧盟委员会的教育与培训研究小组发表《通过教育与培训实现欧洲一体化》的报告（European Commission 1996），特别呼吁欧盟成员国打造"适应现代需要"的历史课程，借此强化欧洲公民的身份，这与英国学校首席督导的担忧不谋而合——英国儿童并不十分熟悉自己民族的历史。

虽然英国政府没有出台与高等教育国际化直接相关的政策，但是教育部部长的讲话却清楚地表明，他们已经认识到"教育出口产业"的商业和外交价值。1995 年，受英国大学副校（院）长委员会委托，有关部门对"教育出口产业"的价值评估展开了研究，结果显示：英国的留学生学费与相关支出，是一种无形的出口方式，每年可为英国带来超过 10 亿英镑的收入，同时还能为英国提供 3.5 万到 5 万个工作岗位。英国工业贸易部计算的结果表明，所有与教育相关的出口总额每年不少于 70 亿英镑，教育进而成为英国最重要的经济活动之一。留学生教育的长期效益也很可观，因为在留学生中，或许有人会成为海外国家未来的领导人，例如，仅马来西亚一国就有不少于 30 万的英国校友。

总而言之，英国政府没有公开倡导高等教育国际化这一事实，正如其反对高等教育出口一样，恰恰反映了政府对不同事件政治优先性的考虑。虽然对于英国是否需要明确的高等教育国际化政策问题还存在争议，但是因为英国高等院校追求国际化的议程实际上是建立在这些院校自治、教学语言、学术以及财政需要基础之上的，因此英国就不必出台明确的高等教育国际化政策了。有鉴于此,每所高校对于他们为什么以及如何履行国际化使命,必须要有清醒的认识。

后　记

(克莱夫·布斯)(Clive Booth)

大卫·艾略特的这篇文章撰写于 1997 年 7 月《迪林报告》(National Committee of Inquiry into Higher Education 1997)发表之前。《迪林报告》以及英国政府随后在 1998 年 2 月发表的对该报告中相关问题的回答,是否改变了大卫·艾略特在上文中描述的景象呢?答案显然是否定的。值得注意的是,在《迪林报告》的索引中,并没有"国际的"(international)的词条,"留学生"词条之下也仅有几个条目。《迪林报告》提到的合作项目都是针对英国国内而言的。

《迪林报告》主要关注资助问题,这一点我们可以理解。的确,若不是政治家出于策略需要,把收取学费这一棘手的问题推迟到 1997 年大选之后,国家高等教育调查委员会根本不可能组建起来。然而,英国政府向国内和欧盟的全日制学生收取学费的政策,是否会影响到英国和欧洲其他国家之间的学生流动,依然有待观察。教育与就业部(Department of Education and Employment)一如既往地认为,单纯引进留学生的做法存在问题,1998 年 3 月教育与就业部向各大学建议采取一些积极措施,以减少学生流动中的不平衡现象。

《迪林报告》试图明确高等教育带来的收益,这样为高等教育提供公共资助就成为顺理成章的事了。从广义上说,高等教育通过为英国本土和跨国公司培养高层次人才,提升了英国经济的国际竞争力。而国家高等教育调查委员会提出高等教育国际化的作用问题,认为,高等教育国际化在很大程度上是为了提高英国教育产品和服务在全球市场上的竞争力。英国高等教育本身已经成为一种重要的出口产业，它加强了国际经济联系，同时英国高等教育也需要在国际环境中运作并接受评判，这些观念渗透于《迪林报告》中所有的思想和建议之中。委员会的一位成员在一次讨论会上指出，该调查委员会忽视了政治、文化和教育因素对国际化的影响，这清楚表明了委员会几乎没有想过这些问题。

《迪林报告》也没有明确规定高等院校能够或应该担当起"国际化"行动者的角色，而这些观点在大卫·艾略特的这篇文章中已经讨论过。当然，《迪林报告》也敏锐地意识到了高等教育"输出产品"达到国际标准的重要性。对照其他国家高等院校的国际竞争力，委员会提出了很多关于增加资助和提高质量的建议。如果这些建议能够适当贯彻，英国将在国际舞台上发挥更加重要的作用。为了增强国际竞争力，英国必须拥有世界一流的教学水平和研究声望。

虽然《迪林报告》中很少有令国际主义者或热心于欧洲一体化者振奋的地方，但以往重大的英国教育评估报告几乎没有像《迪林报告》那样，在国际大背景下（虽然这是一个充满商业竞争的环境）规划未来的高等教育。

参 考 文 献

Davis, J. L. (1995) University strategies for internationalisation in different institutional and cultural settings, in P. Bok (ed.) *Policy and Policy Implementation in the Internationalisation of Higher Education*. Amsterdam, European Association for International Education.

Department for Education and Employment and Cabinet Office (1996) *Competitiveness: The Skills Audit*. London, HMSO.

Department of Trade and Industry, Office of Science and Technology (1993) *Realising our Potential: a Strategy for Science, Engineering and Technology*. London, Stationery Office.

European Commission (1996) *Education, Training and Research: the Obstacles to Transnational Mobility* (Green Paper). Brussels, European Commission.

European Commission (1996) *Accomplishing Europe through Education and*

Training. Brussels, European Commission.

HEFCE (Higher Education Funding Council for England) (1996) *Submission to the National Committee of Inquiry into Higher Education*. Bristol, HEFCE.

Scott, P. (1997) International education on the eve of the election. *Journal of International Education*, 7(3): 3—4.

Skilbeck, M. and Connell, H. (1996) International education from the perspective of emergent world regionalism: the academic, scientific and technological dimension in R. Blumenthal, S. Goodwin, A. Smith and U. Teichler (eds) *Academic Mobility in a Changing World*. London and Bristol, PA, Jessica Kingsley.

Teichler, U. (1996) *The British involvement in European higher education programmes*, Society for Research into Higher Education.

Van der Wende, M. (1996) Quality assurance in internationalisation, in U. De Winter *Internationalisation and Quality Assurance: Goals, Strategies and Instruments*, Amsterdam, EAIE.

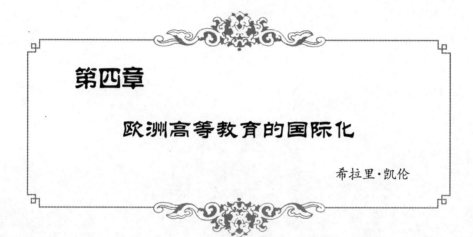

第四章

欧洲高等教育的国际化

希拉里·凯伦

■ 剑桥大学圣约翰学院 (高耀丽 摄)

任何关于教育国际化的严肃讨论,都回避不了一个核心问题:我们应该如何描述"国际化"这一重要概念?是从政策、过程、不证自明的教育价值的角度,还是从因新的职业调整及相关的利益和话语变化而导致的社会变革的角度,或者将上述某些视角结合或融合起来,来界定"国际化"?事实上,与世界其他地方一样,欧洲的许多资源、项目、机构和组织(包括我供职的组织)都是围绕着国际化思想建立起来的。尽管许多人试图给国际化下一个"严谨"的定义,但其核心思想依然难以界定。① 国际化概念的模糊性,部分是因为不同国家和地区在该问题的研究视角上存在差异,从这些不同的研究视角看,我们发现国际化思想在历史上早已出现。但我认为,即使考虑到这种情况,如果我们没有认识到目前在不同领域里,国际化具有截然不同的建构和呈现方式,那么我们仍然难以从概念上把握国际化思想。

　　本章主要目的是考察欧洲走向高等教育国际化的方式。为此,我将探讨欧洲在政策、过程、教育价值和社会/职业变革等诸多领域中实现国际化的方式及其发展历程,以此来回答一些概念性难题。关于教师职业的变革,有必要指出,我采用了一个特别的视角:大学教师是一种独立的职业,从跨国和跨院校的角度看,它的内部差异十分显著,而现在"国际化"又是大学教师广为认同的观念和用词。在此,我将把大学教师职业的独立性、差异性和国际性的特点有机结合起来,以便从多角度解读"国际化"的概念。

　　在高等教育国际化或欧洲化进程中,我没有强调欧盟作为行动者的角色问题,因为本书的其他章节已经讨论过这一问题(英国的国际化在某些方面比较特殊,但由于同样原因,在本章

---

　　① 奈特(Knight 1997:42)提出的国际化的界定方式,是基于院校的"操作性定义"(working definition)。她认为,"高等教育国际化是把国际维度或跨文化维度融入院校的教学、科研和服务功能的过程"。

中也不再探讨）。但是，作为高等教育国际化或欧洲化的动力源泉，欧盟的作用是不可忽视的。从一开始我们就必须认识到，欧洲发生的事件对欧盟成员国——包括欧洲经济区（EEA）国家以及目前还没有加入该组织的国家——的政策所产生的影响，是我们必须探讨的问题。在过去大约十年时间里，由于伊拉斯谟计划的实施，欧盟行动和政策产生的影响已经越来越大，并且给国家权力机构、高等院校、学校内部的国际交流处或学系，甚至给个体行动者的教育实践都带来了长远的影响（虽然这种影响的分布并不均衡）。各种项目资金来源及其层次、有关适用条件、申请、管理和报告程序的规定，以及在"新欧洲"时代"欧洲维度"（european dimension）与教育国际化之间的冲突，这些因素已经对整个欧洲的高等教育系统产生了深刻的影响，我还将在下文谈到这些问题。

尽管如此，一些观察家注意到，欧共体对欧洲高等院校的渗透，以及政府对欧洲化或国际化的承诺一直是非常脆弱的。我们可以通过丹麦的例子来说明这种脆弱性以及"欧洲维度"与"国际化"之间的矛盾关系：

> 一旦实施"苏格拉底"计划，从学前教育到第三级教育的整个教育系统，都将纳入到欧洲教育合作的框架之中，那么对高等教育国际化的需求肯定将逐渐升温。此举的目的是要在整个欧洲教育系统中强调"欧洲维度"的重要性。

但是：

> ……尽管丹麦高等院校许多方面的基础都比较薄弱，但是高等院校的国际化进程已经启动。大多数院校成立了国际交流处，配备了相应的管理人员，国际事务管理工作在学校管理中获得了合理的栖身之所。然而，国际事务管理并不

是某一个管理机构的事情。相反,它正逐渐与高等院校的其他管理紧密结合在一起。同时,院校中管理国际事务的基本专业水平需要进一步提高……学术方面的国际化,通常是由满腔热情的教师发起并推动的,他们为此作出了巨大贡献。尽管国家工资制度正将学术国际化的工作纳入教师奖励的范围,但遗憾的是,在教师职业生涯发展中,国际学术活动依然没有受到足够的重视。只有把国际学术教育活动纳入到院校的日常生活中,这一问题才能得到根本解决,丹麦高等教育的国际化进程也才能经得住考验。

(Haarlev 1997)

上述力量和冲突最终会达到一个平衡点,但即使存在这样的平衡点,我们也不可能对其妄加猜测。本章探讨的一个主要问题就是:高等教育应该如何在国家和院校层面体现"欧洲维度"?

从政策的视角研究国际化

最近出版的《欧洲高等教育国际化进程中的国家政策》(*National Policies for the Internationalization of Higher Education in Europe*)(Kälvemark and Van der Wende 1997a)一书中,编者对几个欧洲国家的国际化政策进行了描述和比较,此举具有重要意义。[①] 书中涉及的国家和地区包括奥地利、丹麦、芬兰、德国、希腊、荷兰、瑞典、英国、作为一个整体的中欧和东欧以及俄罗斯。正如编者公开承认的那样,他们并不清楚从这个样本中获得的结

---

　　① 《欧洲高等教育国际化进程中的国家政策》是我在本章中大量引用的一本优秀著作,书中对所选择的欧洲国家的国际化政策,进行了最新的比较分析。然而,我不能在此一一介绍该书的详细内容。因此,强烈推荐读者进一步阅读此书。

论的普遍性程度究竟如何。毫无疑问，对所研究国家的选择受到了某些因素的限制，如调查时需要考虑能否在这个国家找到合适的作者，这个国家是不是"西欧工作小组"（Working Group on Western Europe）的成员，是不是"学术合作协会"（Academic Co-operation Association，ACA）的会员——因为上述研究正是在该协会的赞助下开展的。研究中选择的西欧国家都设有制度化的"中介组织"（intermediary organization）。中介组织与国家官方机构保持着不同的联系，它们主要负责政策实施（虽然其他欧洲国家，如西班牙也有中介组织，但它不负责政策实施）。然而，选择研究这些国家，还有其他方面的考虑：除了选择希腊和"东欧国家"之外，侧重选择北欧国家和那些政策要素容易描述的国家，不管这种描述是简单还是复杂。鉴于欧洲高等教育制度的传统、国家优先发展项目、高等教育系统与政府关系等方面的极端多样性，研究中有这些侧重就不值得大惊小怪了。

与此同时，个案的选择过程和样本内部的差异性向我们提出了一个相关问题：即一个国家的国际化政策意味着什么？在欧洲，不同国家在高等教育国际化政策的清晰性和完整性方面，存在着巨大差异，在国际化政策与其他政策之间的联系（如果存在这种联系的话）及其优先程度方面，也存在着极大差异。如果将讨论和比较局限于那些在特定的政治框架内公开宣称国际化政策的国家，那么欧洲不同国家丰富多彩的国际化政策中非常重要的部分，就会被排除在我们的研究视野之外。遗憾的是，我们没有获得全面分析所需要的全部信息，因而只能分析少数几个典型个案。

荷兰在以下几个方面为我们的研究提供了很好的例证：它制定了明确的有关国际化的国家政策；在全国范围内，它清晰、透明地落实了国际化政策的目标和措施，并把这种方式看做是对欧盟行动的补充（参见 van Dijk 1997；Johnson 1997）。政策透明性是荷兰的政治传统，因此，我们"追踪"荷兰的国家政策转变及其对院校和国际化活动的影响要容易一些。在过去十多年里,荷兰的国际化政策经历了明显的变化过程:过去荷兰从教育目标出发,推出激励高等教育国际化的一般性政策,现在荷兰认识到教育是提高国家经济竞争力的一种手段,因此,采取了更具选择性的干预政策。斯特尔计划(STIR)的发展历史就印证了这一转变。斯特尔计划创建于 1988 年,最初是一项普通的奖励基金,目的是支持院校从事国际交流活动,对院校的跨国交流项目进行投资。到 1996 年,该计划已经资助了许多项目,主要集中在人员流动方面,也包括教师交流、院校基础设施和网络建设、课程开发等。但随着国家优先发展项目的变化以及斯特尔计划支持力度的逐步减小,在对高等院校国际化活动的资助方面出现了很大的缺口,这部分由日益增加的具有明确目标的资助项目[尤其是通过与邻国合作和知识出口(招收自费留学生)]进行弥补。最近的一项计划是资助优秀学生到国外就读。约翰逊(Johnson 1997:31)总结了过去几年荷兰的政策变化:

　　荷兰政府对国际化进程实施全面激励的政策已经走到了尽头,这种政策正在被更具选择性的激励计划所取代。政策重点已经发生了转变,国际交流项目只是在个别情况下才能获得资助,并且这样的项目需要与政府的经济政策(而不是高等院校的政策)保持一致……政府通过小型项目向少数精英学生提供资金,使他们能够顺利完成学业,支持国家的长期经济发展目标;同时,对院校间合作办学的资助,也要看合作学校的所在地是否能纳入政府的战略发展范围,而在过去政府资助只有笼统的指导思想,大学可以自主确定人员流动的资助方式、时间安排以及受资助对象在国外的合作伙伴。

　　与荷兰相比，瑞典则呈现出一些有趣的相似性和差异性。瑞典把国际化置于优先发展的地位，这反映了一种更为明显的国家利益意识。与荷兰一样，瑞典也是小语种国家，因此，瑞典政府一直都很关注在全球教育、文化和经济领域确立并维持其地位的问题。瑞典与其他"小语种"国家一样也面临着非常重要的教育语言问题（参见下文）。为了实现校园文化国际化并把国际元素融入课程中，瑞典政府始终坚持培养学生语言能力的政策，这一政策还受到了国家财政的资助。与此同时，瑞典与其他国家教育传统的关系以及其他国家教育传统给瑞典带来的影响，也与语言问题有关。如卡夫马克（Kälvemark 1997）所言，近些年来，盎格鲁-撒克逊的学术传统对瑞典的影响已经超过了瑞典与德国学术传统的历史联系。

　　就学生流动而言，过去几年瑞典政府越来越多地鼓励学生到国外学习，如果符合一定的条件，这些学生还可以接受政府基金和贷款资助（Kälvemark 1997）。尽管留学生不用缴纳学费，但到瑞典留学的学生数量还是比较低的。与荷兰近期政策重点的转变以及英国长期坚持的观念相比，瑞典的国家政策似乎并没有把高等教育视为一种出口产业（Kälvemark 1997）。

　　国家拥有"一脉相承"的教育国际化政策是瑞典高等教育的一个显著特征。瑞典积极参与北欧地区合作以及在"北欧教育空间"（Nordic educational space）中建立伙伴关系的意识，正好与该国参与欧盟教育合作项目、开展更广泛的全球合作的举动相一致，尤其是与该国承诺和大西洋两岸以及"南北"国家进行合作相符合。显然，这些"一脉相承"的政策从总体上折射出近期瑞典在国际关系方面的发展历程，特别是进入欧盟的历史进程。

　　瑞典高等教育国际化的另外两个特征也很值得注意，在不久的将来，这两个特征很可能会成为欧洲其他地方国际化的重要特征。第一，高等教育与工商业部门建立了联系。当然，上述联系在欧洲其他很多地方已经出现。多年来,欧洲许多国家已经在鼓励工业与大学建立合作关系。然而,最近瑞典政府采取了更进一步的措施,它把私营部门参与大学治理的做法奉为"神明"。关于这项政策对教育国际化的影响以及它为其他欧洲国家提供可能的发展模式方面,可能会引起激烈的争论。第二,瑞典对地区和跨境教育合作做出了承诺。这一方面反映了北欧集团的意志,另一方面也反映了瑞典与波罗的海各国、俄罗斯西北部地区之间日益密切的联系。正如我们看到的那样,这种现象在荷兰也曾出现过,只是侧重点稍有不同。作为一个具有普遍性意义的主题,欧洲各国对跨境高等教育的兴趣正在增加,相关讨论也越来越多。许多跨境院校合作和网络都已建立起来,各个民族国家合作伙伴能够认同和效仿的共同利益模式也正在形成中,并成为各国中央政府国际化政策之外的另一股力量(或许还是一股平衡政治关系的力量)。

荷兰与瑞典的国际化在欧洲之所以极具代表性,是因为它们的教育国际化在历史上受到了明确的国家目标的影响,而国家目标本身就是政治过程和政治传统演变的结果。这一结论在哪些国家并不适用?或者哪些国家只是在很低程度上体现了这一结论?在我们进行比较研究时,这些都是非常具有挑战性的问题,而从国家的承诺或行动推断出政策潜在的意义正是我们研究的目的。然而,在此我们并不清楚究竟能在何种程度上对"默会(tacit)政策"①与那些公开表述的政策进行有效的比较。在尝试对欧洲国家进行比较分析时,我们面临的问题是(我们只能从一般意义上讨论,例外总是存在的):在北欧和西欧,国家政策措辞更加明晰,经过彼此的协调,这些政策呈现出进一步接近的趋势。当然,这并不是说南欧国家缺乏有关国际化的国家政策,实际情

---

① "默会政策"是指那些能够意识到但没有公开颁布的政策,如英国的高等教育国际化政策。——译者注

况并非如此。但是，就南欧的部分国家而言，制定国家政策的方式和依据各不相同，却是一个不争的事实。并不是所有国家都能通过统一而透明的权力机构和单一的决策过程，以一种明确的方式来陈述国家政策的。

之所以要在国家政策上另辟蹊径，原因之一是：欧洲各国已经建立起相当数量的双边和多边文化协议，为欧洲国家与其他国家和地区的教育合作创造了条件。欧洲许多"发达"国家都与其前殖民地国家建立过文化协议与联系。一个最明显的例子就是英国参与了英联邦国家设置的许多项目，如英联邦国家奖学金项目（Commonwealth Scholarship and Fellowship Programme，CSFP）、英联邦大学国外学习协议（Commonwealth Universities Study Abroad Consortium，CUSAC）以及英联邦教育项目（Commonwealth of Learning）等。在大量资金投入和基础设施的支持下，法国、西班牙和葡萄牙也出台了相似的国家政策，他们分别和欧洲以外与其有密切的历史和文化联系的国家（如讲法语、西班牙语和葡萄牙语的国家）建立了广泛的教育合作。无论这些合作项目在行政管理上是否属于教育国际化的范畴（事实上，它们有时是由外交事务大臣、发展合作部门或国家专门机构负责的），但在相关国家的政策层面，它们显然有助于将国际维度整合进高等教育之中。

原因之二是，该研究选择的部分欧洲国家，他们优先考虑的是惯常认可的国际化要素，如学生和教师流动、课程的国际化、学分互认和转换以及科研合作等。希腊在这方面就很有代表性。如前所述，希腊是 1997 年学术合作协会研究中被选择的唯一一个南欧国家，而且，从历史上看，希腊国内高等教育的需求远远大于供给（Callan and Steele 1992），因此，它一直是向欧洲其他地方和美国输送学生，几乎是纯粹的"输出国"。从安东尼奥（Antoniou 1997）提供的数据和描述来看，上述提及的所有国际化要素，尤其是欧洲学分转换制度，极大地提高了希腊教育系统的国际化特征；此外，运用英语进行教学的研究生课程日益增加，以及参与欧盟交流和流动项目的大学生数量的增长，也在某种程度上突显了希腊教育系统的国际化特征。与此同时，希腊国家政策的中心工作显然仍是支持人员流动，政府奖学金项目的资助对象既包括因参与欧盟项目或在研究生期间到国外学习的希腊学生，也包括在希腊的留学生和来希腊学习的希腊裔学生。从表面上看，这是一个与人员流动相关的国家政策的例子，但在这项政策中，我们也应该充分认识到，不断增加而又平衡的人员跨国流动，为拓宽国际教育范围所带来的"附加值"（added value）。

从过程的视角研究国际化

从"过程"的视角研究国际化是简·奈特（Jane Knight 1997）提出的四种研究视角之一。其他三种分别为：活动类型、能力发展、塑造具有国际化精神特质或价值观的校园。在探讨欧洲国际化的多元景象时，奈特提出的概念区分非常有价值。她对基于活动的政策取向和基于过程的政策取向进行的区分尤其有用。这种政策取向的差异，对于解释欧洲国际化的多元景象很有帮助。

在当前的诸多文献中，从过程的视角探讨国际化主要集中在院校层面。他们强调把院校改革作为国际化的一个目标，或者是伴随着国际化进程而出现的现象。对此，奈特（1997）做过清晰的阐述：

> 整合（integration）这一概念对于过程研究视角来说非常重要。首先，要把国际维度或跨文化维度整合到高等院校的基本职能——教学、科研和社会服务——之中。其次，整合是指对各种各样的国际性活动进行协调，以确保……各种举

措之间形成互惠关系……最后，需要把国际维度整合进高等院校的使命陈述、政策、规划和质量保障制度中去，保证国际化成为高等院校的目标、规划、制度和基础结构的核心。

欧洲国家的政策和承诺在某种程度上也运用了整合观念。在国家层面考察国际化的"过程"维度。方法之一是，考察国际化政策与国家高等教育系统自身的整合，以及它们对国家高等教育系统产生的影响。学术合作协会选择参与该项比较研究的国家时，已经将这个问题提出来了（Kälvemark and Van der Wende 1997a）。凡·德·温迪（Van der Wende 1997b）在比较研究中发现了一个普遍趋势：随着综合预算方案的出现以及把国际化纳入到国家周期性规划和国家质量保障制度之中等措施的实施，一般性教育政策和国际化政策之间的非连续性正在逐渐减少。但是，我们还应该注意到在一些领域，一般性教育政策与国际化政策之间的非连续性仍然存在。通过该项比较研究，卡夫马克（Kälvemark）和凡·德·温迪（1997b）得出如下一般性结论：

就教育的可持续发展而言，制定更加全面的政策是确定无疑的。而且，最初根据国际学术流动界定的国际化概念确实很受局限。现在，这一概念正在不断拓宽。总的来说，这有助于减少国际化政策与高等教育政策之间的概念分歧。事实上，为了创造更好的条件，缩小上述两个领域在政策制定上的分歧，人们也在期待更加全面的、多层次的国家教育发展战略。

作者[①]在比较研究的基础上提出，在一体化国家政策、高等教育系统变革以及国际化从"基于活动"到"基于过程"的观念转变

---

① 指《欧洲高等教育国际化进程中的国家政策》一书的作者。——译者注

之间，应该建立一种动态的联系。然而，如前所述，由于在比较研究中选择样本国家时，不可避免会存在局限和侧重；另外，一些国家的国际化政策是隐含而非公开的，这样就缺乏比较研究需要的信息，因此，把上述结论作为一般性原则运用于欧洲教育的时机还不成熟。从历史上看，在欧洲国际化教育进程方面，满怀信心地说这些国家的国际化研究已经出现了从"基于活动"转变为"基于过程"的一般性趋势，还为时过早，但是，我们可以明确指出，欧洲国家沿着这样的概念轴线发生着变化——轴线一端是系统的变革，另一端是基于活动的承诺。

"国际化"与"欧洲化"之间的紧张关系，是有资格参与欧盟项目的国家碰到的又一个复杂因素。苏格拉底计划的出台为参与欧盟项目的院校改革带来了压力，原因在于苏格拉底计划鼓励院校通过改革，把欧洲维度植根于他们的价值体系和战略方向之中。正如前面引用的荷兰和瑞典高等教育的案例。它们通过结构改革，回应当前出台的欧盟项目中的"欧洲化"要求。这与国际化过程中广泛采用的、较为古老的改革形式与发展方向不谋而合，有时还会相互重叠。许多高等院校和教育者都把欧洲维度视为通向更加广阔的国际前景的不可或缺的一部分，并对为此做出的行政安排表示支持。在高等教育的很多方面，人们呼吁欧盟重新坚持辅助原则（principle of subsidiarity），确保国家当局和高校的自主权，使他们能够在国际社会和欧盟对教学内容和教学组织形式的各种要求中达成自己的平衡。欧盟正在听取这些建议。人们还呼吁，主要行动者（欧盟委员会、国家当局和高等院校）在管理欧盟项目时，对相互间的关系要有更大的灵活性和更多的信任。如果上述呼吁被注意到的话，"欧洲化"和"国际化"这两个相互支持的过程，将会形成更加透明、更有创造性和激励性的关系。然而，在本文写作时（1998 年初期），局面正在不断变化：一些已经加入欧盟项目的高校和国家当局，还在反思实施欧盟项目这一

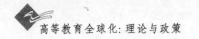

年来的经验，然而，新加入欧盟项目的国家却在预测项目将要发生的变化。与此同时，整个欧盟都在激烈地讨论如何设计1999年之后的新一轮欧盟项目。因此，要想预测"欧洲化"和"国际化"未来的关系并非易事。

从教育价值的视角研究国际化

　　本节要研究的内容不仅包括与具体教育目标相关的政策和承诺，国际化在实现这些政策和承诺中所起的作用，也包括人们对院校改革的态度，以及那些直接作用于教育国际化目标的切实可行的措施。因此，对所有卷入国际化进程的行动者——学生和教师（既指流动师生，也指非流动师生）、获得教育收益的所有高等院校以及他们服务的广大团体而言，考虑并界定国际化进程的教育价值是非常重要的。

　　然而在研究中，我们却意外地遇到了困难。在教育目标由追求卓越（包括终身教育）转向追求就业率和经济繁荣的过程中，欧洲的教育工作者和政府正在承受着巨大的压力（其中部分压力来自欧盟层面的政策承诺）。我认为，这些教育目标都是合情合理的，它们相互关联但各不相同。我在其他地方（Callan 1998）已经提出，在欧洲，与精确计算国际交流项目产生的教育"附加值"相比，人们更加需要听取教育工作者独立的声音。教育工作者的独立声音作为对国际交流项目驱动思维（programme-driven thinking）的一种抗衡力量，更能反映欧盟对政治、经济（以及教育）的承诺。在更广的讨论背景下，我极力主张：我们不能把国际化的教育理论基础看成是想当然的，我们还需要对它进行清晰的阐述，以免人们错误地认为国际化的教育理论基础是隶属于其他理论基础的。不管其他理论基础自身多么正当合法，我们都不能这样做。

在欧洲，人们是如何论述与国际化教育"附加值"相关的问题的？最近，直接探讨教育收益的文献异常少见。近期文献主要关注以下两类毕业生的培养，一是能在国际化的职业环境中获得成功的毕业生，二是具有国际道德视野和国际理解力的毕业生。值得注意的是，如果我们把当前关于劳动力市场和毕业生就业能力这两方面的研究排除在外（尽管它们也非常重要），那么，在研究人们追求国际化的主要动机方面，由教育工作者进行的系统而又完整的研究少之又少。例如，如何用学术语言，确切地描述欧洲国家的学生在欧盟政策（如学分互认和学分转换制度）支持下到国外求学的收益？毋庸置疑，这类问题肯定存在令人满意的答案。教育工作者对这类问题的忽视，可能要归咎于国家的政策法规仅仅关注教育和就业，而没有关注其他问题，也可能是由于国家的国际化政策与一般意义上的高等教育政策之间存在隔阂——诚如我们前面已讨论的，凡·德·温迪曾提出过该观点（1997a）。尽管如此，许多欧洲和其他地方的作者提出了高等教育国际化的一般理论基础，包括经济的、政治/外交的、社会/文化或学术的理论（参见 Knight 1997；本书的第二章），但人们对高等教育国际化的经济价值语焉不详，研究成果也最少。①

---

① 奈特认为，在构想与获得教学和科研的"国际标准"时，对作为影响因素存在的国际化所具有的信心，与对可能发生的学问"均质化"的担心之间存在冲突。这种观点为欧洲之外的国家进行国际化研究提供了一般性的理论指引。奈特明确写道：

国际化，正如通常所说的，究竟其本身就是目的，还是作为提高教育质量这一目的的手段，目前仍然存在激烈的争论。人们认为，通过提高教学、研究和社会服务中的国际维度，会增加高等教育系统的价值。这一假设显然是建立在下述假定的基础上，即认为国际化不是院校的边缘活动，而是院校使命的核心。

（Knight 1997）

奈特继续指出，国际化给教育过程带来的"附加值"，可能会通过它对院校建设的积极影响而间接体现。

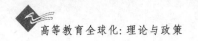

语 言 问 题

在多语种的欧洲，语言问题始终贯穿在我们探讨的国际化政策、过程、教育价值等所有领域，而且始终是我们考虑的重要问题。在欧洲，语言问题以一种复杂的方式与国际化的各个方面密切相关，但正如人们料想的那样，语言与国际化各个方面的关系因国家不同而不同。作为国际语言的英语，同时也是欧洲大多数非本土讲英语者的第二语言，它具有的吸引力是高等教育国际化过程中强有力的"干扰"因素（distorting factor）。

英国（和爱尔兰）在吸引留学生方面，占有明显的语言优势。留学生不仅来自希望接受英语教学的欧洲其他地区，而且来自历史上英语就是官方语言的世界其他地方。欧洲其他世界性语言，如法语、德语、意大利语和西班牙语，以及使用人数更少的语言，如荷兰语、丹麦语和前面提到的瑞典语，它们的前景并不明朗。为了吸引留学生并将吸引留学生作为实现校园国际化的手段，为了向国内学生提供在国外进行互惠学习的机会，小语种国家在为留学生提供英语课程方面，多年来一直承受着很大的压力。这种做法有时反而会遭到来自国内学生和教师的抵制，因为他们觉察到英语教学项目中的留学生"被强迫聚居在一起"（ghettoization）可能存在风险，或者说他们不愿用非母语进行教学和学习。欧盟出台的政策已经并且正在鼓励（和资助）欧盟所有高等教育用小语种进行教学和学习。在 1997—1998 年间，为了提倡在欧盟将要出台的项目中运用多种语言，人们进行了强有力的游说活动，并得到了欧洲国际教育团体的强劲支持。除此之外，对小语种国家来说，为留学生提供良好的跨文化体验的有效办法是，部分或全部使用小语种语言传授课程，这种方式既能促使东道国广泛传播其语言与文化,也能为留学生在留学期间从事语言学习和感受文化体验提供方便和鼓励。欧盟已经接受了这些建议。

社会学的研究：从专业人员的视角研究国际化

在本节中,我想探讨的是关于国际化的最后一个研究视角,专业人员组织化和专业兴趣集中化(mobilization of interests)方面的转变。这一视角从本质上讲是社会学的视角。随着国际化政策、过程、活动以及(在更小程度上)国际化的教育价值等领域的变革,近十年来,与国际化相关的专门职业和专业团体迅速发展起来。一定程度上这是对整个欧洲、各个国家和院校层面的国际化运动的回应,反过来,它又在一定程度上刺激了各个层面国际化运动的发展,这些新的专业团体已经并且正在产生深刻影响。毫不夸张地说,欧洲国际化教育在很大程度上是通过专业人员的影响和推动才取得长足发展的。这些专业人员包括：国际联络官员、欧洲交流项目经理、国际认证评估人员、研究人员和工业联络官员(industrial liaison officers)、从事国外留学以及留学生咨询的人员和语言专家。如果忽略了由这些专业人员组成的团体的发展及其产生的影响,那么,任何一种国际化理论都不可能形成。我们可以运用历史学家或社会学家熟知的概念工具对这些专业人员进行研究,同时,也可以通过与那些早已确立的专业团体的发展模式进行比较,分析他们的发展模式：追求合法性和专家认可、设置准入资格、提倡专业发展、创建职业结构、确立工作方式、寻求关系网络和专业支持。

当然,国际教育的专业化并不局限于欧洲地区,同样的过程在其他地方尤其是北美地区已经完成。欧洲国际教育专业化过程的独特性在于：国际化观念是在一个教育文化、经济环境、国家优先发展项目和专业兴趣等方面都非常多元化的环境中进行融合和协商的。这在一定程度上缘于欧洲一体化的压力和历史。欧洲国际教育协会（European Association for International Education），也就是我供职的组织，可以被视作一个欧洲国际教育的各种力量和冲突相互影响的试验田。为了表达一致的意见，为了给新专业团体表达利益提供一个平台，欧洲国际教育协会于 1989 年成立。协会的迅速发展和年会上出席人数的不断增加表明，那些从事国际教育工作的人员已经超越了把他们隔离开来的外在的多元环境，体现出他们希望在欧洲建立一个能满足其专业愿望的共同联络点的需要。除了国际化的其他功能，我们把此处"国际化"的功能看做是欧洲统一的一面象征性的旗帜。它使那些有着巨大差异的职业群体转变成拥有共同自我意识的团体，并在此基础上确立和追求他们的共同兴趣。如前所述，我还认为，来自欧洲国际教育协会这样一个国际组织内部的观点，能使观察者站在一个更好的立场去解析国际化的概念，"追踪"对国际化的各种各样的理解方式和使用目的。

结论和未来的挑战

许多年来，在欧洲和其他地方，学生流动问题往往占据高等教育国际化讨论的首要位置。那些学生流动成为国家和院校制定国际化政策的推动因素的国家（出现这种结果是由不同原因造成的），情况更是如此。欧盟把原来的伊拉斯谟计划纳入到现在的苏格拉底计划中，将学生流动与其他改革措施结合起来，以此促进"欧洲维度"的实现。最近，在探讨关于未来的流动计划，尤其是学生流动计划必须得到保护和加强时，人们不断明确提出上述观点。尽管如此，单纯从学生流动的角度考虑国际化问题还是非常有局限的,对此,大家在近些年已经形成了清晰的认识。如同促进学生流动而采取的措施——如国际学分互认和转换以及提倡使用多种语言——已经成为国际化的支柱一样,课程改革、研究合作、基于学科的网络建设、跨越边界的开放教育和远程教育、地区间和跨境的院校合作、国际化的工作安排以及其他活动,也都逐渐成为国际化的支柱。国际化多种观点的发展,既受到国家承诺的支持,又得到欧盟政策的支持,这也是当前欧洲高等教育国际化最重要的发展趋势之一。

在最近的多数著作中,上述观点得到了大家的一致认可。事实也的确如此。然而,我们对欧洲教育国际化总结出的一些普遍性原则几乎不具有什么普遍性。因此,这一问题我们还需要进行大量研究,这不是用这一章或这本书的篇幅能探讨清楚的。对于那些仅有"隐含"而非"公开"国际化"政策"的欧洲其他国家,比如,那些没有参与学术合作协会的欧洲国家,我们可以通过分析他们的政策方向及影响因素,判断其在国际化教育的发展历程中是否存在普遍性趋势。在缺少这种研究成果的情况下,任何人都只能推测在未来几年里可能存在(或者说可能成为)的焦点问题。我将这些问题罗列如下:

- 面对日益减少的财政拨款和竞争压力,需要大学和政府"始终不渝"地贯彻国际化承诺。
- 高等院校在国际化活动和国际化承诺之间产生分离的积极因素与消极因素。
- 地区间合作和跨境合作项目的发展。
- 在欧洲中心("欧洲堡垒")和向外发展的承诺之间的持续不断的冲突。
- 国际教育与国际商业和贸易之间的联系日益增强及其所隐含的意义。
- 需要清晰阐述国际化的具体的教育理论和知识基础。

不管是从实质上还是表面上看，国际化思想具有的强大影响力及其取得的成功是教育国际化讨论的问题之一。其他学者曾经谈到，我们面对着这样一种未来——所有的教育都将是国际化的。那么，应该如何描绘国际化教育的未来并对其发展方向和优先发展事宜做出判断？在本章中，我试图提出关于国际化的一种分解研究方法，通过这种研究方法，可以得出国际化的观念呈现多层次和结构性。无论其他学者能否接受这种研究方法，有一点都毋庸置疑：即仅仅对国际化的未来抱有坚定信念，远远不能帮助我们实现教育国际化的目标。

参 考 文 献

Antoniou, A. (1997) Greece, in T. Kälvemark and M. Van der Wende (eds) *National Policies for the Internationalization of Higher Education in Europe*. Stockholm, National Agency for Higher Education. Högskoleverket Studies 1997: 8.

Callan, H. (1998) Future focus: the European dimension and beyond. *Journal of International Education*, Spring.

Callan, H. and Steele, K. (1992) *Student Flow and National Policy in the EC*. London, UKCOSA and Commonwealth Secretariat.

Haarlev, V. (1997) Denmark: general outline of the Danish national policy for internationalization of higher education, in T. Kälvemark and M. Van der Wende (eds) *National Policies for the Internationalization of Higher Education in Europe*. Stockholm, National Agency for Higher Education. Högskoleverket Studies 1997: 8.

Johnson, L. (1997) The internationalization of higher education in The Netherlands. *Journal of International Education*, 8(1): 28—35.

Kälvemark, T. (1997) Sweden, in T. Kälvemark and M. Van der Wende (eds) *National Policies for the International of Higher Education in Europe*. Stockholm, National Agency for Higher Education. Högskoleverket Studies 1997: 8.

Kälvemark,T. and Van der Wende,M. (eds) (1997a) *National Policies for the Internationalization of Higher Education in Europe*. Stockholm,National Agency for Higher Education. Högskoleverket Studies 1997: 8.

Kälvemark,T. and Van der Wende,M. (eds) (1997b) Conclusions and discussion,in T. Kälvemark and M. Van der Wende (eds) *National Policies for the Internationalization of Higher Education in Europe*. Stockholm,National Agency for Higher Education. Högskoleverket Studies 1997: 8.

Knight,J. (1997) Internationalization of higher education: a conceptual framework, in J. Knight and H. de Wit (eds) *Internationali zation of Higher Education in Asia Pacific Countries*. Amsterdam, European Association for International Education.

Van der Wende,M. (1997a) Missing links,in T. Kälvemark and M. Van der Wende (eds) *National Policies for the Internationalization of Higher Education in Europe*. Stockholm, National Agency for Higher Education. Högskoleverket Studies 1997: 8.

Van der Wende,M. (1997b) International comparative analysis and synthesis,in T. Kälvemark and M. Van der Wende (eds) *National Policies for the International-ization of Higher Education in Europe*. Stockholm,National Agency for Higher Education. Högskoleverket Studies 1997: 8.

Van Dijk,H. (1997) The Netherlands,in T. Kälvemark and M. Van der Wende (eds) *National Policies for the Internationalization of Higher Education in Europe*. Stockholm,National Agency for Higher Education. Högskoleverket Studies 1997: 8.

第五章

南非高等教育的国际化

罗申·基舜

■ 伦敦大学亚非学院 (高耀丽 摄)

我们终于跟上了世界前进的步伐，而我们的命运则掌握在自己的手中。

塔博·姆贝基（Thabo Mbeki 1996）

要认识南非教育的全球化问题，我们不能仅仅看过去五年的重要发展，也不能仅仅看该地区过去 500 年的发展历史。从殖民国家那里移植来的教育体系的遗风依然在大行其道。而 1994 年选举产生民主政府后，南非又迅速融入世界大家庭。这不但为南非社会，更为南非高等教育的转型创造了条件，同时也提出了挑战。

全球化中最具影响力的一些力量，诸如处于主导地位的"市场意识"、大众化进程、技术革命、社会的分散性知识生产体系等，都对高等教育产生了冲击。人们期待这些趋势能给希望通过重建或发展而在世界新秩序中占有一席之地的民主国家带来深远影响。我们能否"掌握自己的命运"，将取决于我们怎样让全球化力量适应我们国家的基本需要。

强劲的社会及经济力量推动着南非仓促融入这个世界，而世界也急切想把这个新的、民主的"非洲国家"揽入怀中。与此同时，国内由全球化带来的变化和政治转型，则为构建宏观经济政策目标提供了难得的机会，因为实现这一目标不仅可以增强南非的全球竞争力，而且也可以满足国内的基本需要。南非的长期战略目标是从根本上改变教育制度，并且在非洲甚至在更广阔的世界范围内扮演领先者的角色。现在就是绝佳的机会，南非可以以一种负责任的方式利用国际技术、专门人才和技术革命的成果，实现在国家高等教育委员会的一份报告中提出的改革目标（NCHE 1996）。

南非研究人员刚刚开始关注全球化趋势及其可能对高等教育转型产生的影响（见 Cloete *et al*. 1997；Orr 1997；Subotzky 1997）。本章并不打算就全球化概念或全球化可能对南非高等教

育产生冲击的趋势和事件进行分析或理论阐述。本章最主要的
目的是：辨析一些趋势及事件；提出一些需要关注的关键问题；
就可以进行研究的领域提出建议；劝告所有的投资者积极审视高
等教育在全球化中的结构变化、进程和政策，同时又不至于被争
权夺利的全球化浪潮无情吞噬。

重返世界大家庭

有若干因素共同推动了南非重返世界大家庭的步伐。本章
接下来将简要地分析这些因素。两项重大的发展标志着南非在
参与全球重建进程：一是南非加入了一些有影响力的国际组织；
二是南非在两个区域性组织中发挥着重要作用。

1994 年大选后不久，南非重新成为联合国、非洲共同体、英
联邦、国际奥委会、国际足联、洛美协定的成员国和其他一些国际
性组织的东道国。南非致力于与世界各国关系的正常化，积极的
外交政策促成了南非与美国和德国双边委员会的建立。最近，还
与被认为是正在崛起的超级大国——中国——建立了外交联盟。
这是非常重要的事件，因为在 21 世纪，中国对世界的影响力，甚
至将超过美国在 20 世纪对世界的影响力（Naidoo 1998）。

环印度洋地区合作联盟（IORARC）①包括澳大利亚、莫桑比

---

① 建立环印度洋区域合作组织的设想最初由南非外长博塔和毛里求斯外长卡斯纳里分
别于 1993 和 1994 年访问印度时提出。1995 年 4 月 18 日，南非、印度、澳大利亚、肯尼亚、毛
里求斯、阿曼、新加坡 7 国政府间会议发表推动建立环印度洋经济圈的联合声明，联盟筹备工
作开始启动。经过四次筹备会议，创始国从 7 个增至 14 个。1997 年 3 月 5～7 日，14 国外长
聚会毛里求斯首都路易港，通过《联盟章程》和《行动计划》，宣告环印联盟正式成立。联盟组
织机构包括部长理事会（Council of Ministers，CoM）、高官委员会（Committee of Senior Offi-
cials，CSO）、环印度洋商业论坛（Indian Ocean Rim Business Forum，IORBF）、环印度洋学术组
（Indian Ocean Rim Academic Group，IORAG）、贸易和投资工作组（Working Group on Trade
and Investment，WGTI）以及高级别工作组（High Level Task Force，HLTF）。——译者注

克、坦桑尼亚、印度、印度尼西亚、肯尼亚、马达加斯加、马来西亚、毛里求斯、阿曼、新加坡、斯里兰卡、也门和南非，而南非是该组织成立的发起者。该联盟通过召集政府部门、商界和学界的代表，共同协商如何促进和推动这些国家之间的经济合作。南非的纳塔尔大学（The University of Natal）被推选为这一联盟学术组的中心。

南非是南部非洲发展共同体（SADC）"人力资源开发部"之"教育与培训条约"的签约国之一。该组织包括 14 个国家：安哥拉、博茨瓦纳、莱索托、马拉维、毛里求斯、莫桑比克、纳米比亚、刚果共和国、塞舍尔、南非、斯威士兰、坦桑尼亚、赞比亚和津巴布韦（SADC Human Resources Development Sector 1997）。该条约的影响尚有待在南非的高等教育实践中验证。

随着世界各国之间的日益开放，南非民众不难发现，南非需要在科技、艺术与文化、商贸、运动娱乐、管理和治理等方面迎头赶上其他国家。多年的文化和学术封闭已使南非在知识、信息交流、建设性合作方面拉开了与其他国家的差距，弥补这些差距需要假以时日（Ndebele 1997）。另一方面，南非具有相对完善的高等教育体系，它拥有 21 所综合性大学、15 所理工科大学和众多的技术学院及师范学院。

全球化与高等教育转型

新南非在转型进程中的主要任务是：搭建一个政策框架，在这个框架中，教育制度的转型将面临前所未有的来自国内和国际的机遇与挑战。教育的双轨制，大学不再垄断教学、学习和研究的现实，南非高等院校无法更多指望政府的资助等，都应成为我们考虑的因素。

作为匆忙进入世界大家庭的国家，我们需要思考的根本问题是：我们代表谁？我们应该如何发挥应有的领导作用？（Ndebele 1997：3）我们应该建立怎样的价值观？如何推广这样的价值观？应该从哪些方面推进高等教育的发展？全球化的机遇与制约因素是什么？国外的专业知识在我们的民主社会中扮演什么角色？文化多元化与国际主义对学校的课程设置意味着什么？这些课程对于各种不同的文化意味着什么？这些文化怎样影响整个高等教育制度和知识生产？我们应该在何种程度上开放本科和研究生课程？要在全球取得一席之地，我们将继续遇到怎样的议题和问题？

为了适应教育转型的需要，南非教育部于 1996 年发表了国家高等教育委员会（NCHE）的一份报告，指出政府、私营部门和学术界应成为教育发展的主要参与者。该报告提出了适应转型后教育制度所需的基本观念和变革措施。该报告及随后的《高等教育转型绿皮书》（Ministry of Education 1996）指出，高等教育必须协助南非融入全球经济，并满足大多数老百姓的基本要求。然而，在最近公布的政府关于高等教育的白皮书（Ministry of Education 1997）中，许多这类问题已不再是焦点，核心问题是全球化给南非教育带来了什么样的挑战、远景和原则。这暗含着一个惊人的政策导向：南非对全球化议程全面和不加批判地接受，同时不再关注政府的重建与发展项目（RDP）（Subotzky 1997）。

1997 年 1 月，在西开普大学（University of Western Cape）召开了南非国际教育协会（IESAS）的成立大会。会议力图从国家角度阐明影响高等教育的发展趋势和事件，鼓励高等学校根据国际化进程的需要，制定发展战略规划。其中"市场意识"的普及、高等教育的大众化、技术革命以及社会化知识生产网络的出现，被认为是可能影响南非高等教育发展趋势的一些较重要因素。预测这些趋势是一项艰巨的任务，因为它们对转型期高等教育的

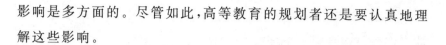

影响是多方面的。尽管如此,高等教育的规划者还是要认真地理解这些影响。

"市场意识"(market ideology)和"市场化大学"(Market University)

海科(Haque 1997：2)在一篇名为《市场意识的全球化及其对第三世界发展的影响》(未发表)的论文中指出,以市场为导向的制度初露端倪,它会对第三世界国家不同人群和阶层产生不利影响。他对此作出了批判性分析,认为当前市场导向的政策在很大程度上是意识形态而非理性的产物,也就是说,这些政策潜藏着"市场意识"。近年来,国内、国际的支持者以不同方式在全球广泛传播这种市场意识。私有化、解除管制和自由化把"专家"和"顾问"带到了第三世界国家。例如,外国顾问已直接参与到南非教育政策的制定过程中。越来越多人注意到,围绕国家高等教育委员会和《绿皮书》存在着众多不同意见,人们还注意到,《白皮书》的撰写过程也是一个政治过程(Subotzky 1997：109)。

"市场意识"改变了大学的性质,大学成为"市场化大学"。"市场化大学"的首要特征是知识的商品化,也就是说人们可以生产、购买和销售知识(详见 Orr 1997：46)。市场力量同样体现在那些本科和研究生课程严重依赖留学生的国家之中。在这些情况下,学校为了谋求生存,把学生变成了商品。

大众化

全球化对高等教育具有深远影响,皮特·斯科特曾描述了高等教育从"封闭"到"开放"的转变过程(Scott 1995)。伴随"开放"体系的建立,平等主义的思想要求减少了教育中的不平等现象(Kraak 1997：62),同时终身学习也得以发展,这些趋势都推动了世界范围内高等教育大众化的进程。《教育与培训白皮书》(Ministry of Education 1995)和其他一些建议性文件都展示了教育发展的远景,强调了终身教育、培训以及为那些过去被拒之校门外的人群提供教育机会的重要性。

南非高等教育大众化的压力将来自两个方面:首先,按预测的人数计算,十年级(中学毕业的年级)毕业生人数将增加一倍多,从 1995 年的 310,000 人增至 2005 年的 640,000 人(NCHE 1996:63)。其次,南部非洲发展共同体中的国家将对南非的高等教育提出要求。南非有 21 所综合性大学,而我们多数邻国只有一所。鉴于这些国家高等教育大众化的需要,那里有大量的中学毕业生将到南非寻求高等教育机会。《教育与培训协议》要求南非把南部非洲发展共同体国家的学生作为"本国学生"对待。南非的高等院校需要考虑能否满足本区域学生的就学需求,而这些需求是否与本国学生的需求相冲突等问题。

技术革命

在南非,一项以"基于技术的学习"(technology-enhanced learning)为主要内容的调查提出了这样的问题:"快速发展的信息技术应该怎样帮助南非实现教育与培训中的机会均等、公平和质量提升的目标?"(Ministry of Education 1996)。使用技术的目的在于增加机会与灵活性,节省成本并提高质量。英国开放大学副校长约翰·丹尼尔(John Daniel)认为,恰当地使用技术手段是达到上述目标的关键,因为"只有技术能够打破一种潜在的传统观念,即认为要提高教育质量就必须严格限制教育机会,同时给少数人提供慷慨的资源"(Daniel 1997:1)。通讯及信息技术的影响在不断扩大。为了获得盈利的机会,人们可以利用通讯和信息技术将触角渗透到不同的国家、文化、信息流通渠道和金融系统中(Castells 1998:34)。

技术革命给南非带来的发展突出表现在以下两个方面:第一,网络大学由设想变为现实。这在高等教育领域及国际范围内都有着非同寻常的意义。1997 年,非洲网络大学(AVU)在世界银行的支持下创立,共有 17 个非洲国家成为其合作伙伴(南非不属于其伙伴国)。它的成立对南非产生了重要影响。非洲网络大学向以收费为有效收入来源的学习形式的快速发展提供了机遇,而这也曾是南非政府及大学追求的目标。但是,这里面潜藏着极大的危险:南非网络大学依靠的是信息和交流技术,而美国和欧洲却可以通过对信息和交流技术进行控制加速提升自己的知识霸权。国家高等教育委员会报告称,未来南非的高等教育将是质量高、负责任、易获取的,但欧美的控制恐怕会对这些目标的实现构成不小威胁。

通讯和信息技术可能会使高等教育发生革命性的变化。它带来的第二个进步是网络教室。网络教室将会使南非人在不离开家的情况下获得世界上几乎任何一所大学的学位。在美国,进入真正大学学习的学生共有 1300 万,而同时有超过 100 万的学生通过网络大学课堂进行学习,据估计,到 2000 年,"网络学生"的数目将会达到 300 万,这比进入传统大学学习的学生的增长率要高很多。"网络学习可以传播到偏远地区的学校,学生通过卫星上网去聆听、收看世界上最好的老师讲解世界上最好的学习材料,而实现这一切只是个时间问题"(Mulholland 1997)。

社会的分散性知识生产体系

根据吉本斯(Gibbons)的观点,社会的分散性知识生产体系已经出现,而许多关于国际化的讨论却忽略了这样一个对世界转型影响最为深远的方面(Gibbons 1997:2)。吉本斯道出了一个事实,即,许多不同类型的组织正开展研究知识生产。本章并不打算详细描述社会的分散性知识生产体系的主要特征,也不想仔细分析它对高等院校的影响。然而,社会的分散性知识生产显示出其特有的动态性,它往往与问题产生的环境有很大关系,学科

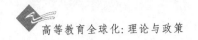

结构和国家科学政策对它的影响并不大。南非的大学都认可这样的观点。

全球化与国际化

"对于什么是大学的国际化,我们并不能给出一个简单、独特而又具有普遍性的定义。它通过大量的活动,为人们提供一种真正融入全球视角的教育经验。"(Knight and de Wet 1997)许多人可能会辩称,高等教育就其本质而言具有国际化的特征:"高等学校都在寻求建立并维护一个有利于发现和发展知识的环境。这样的环境通过具有世界经验和世界眼光的学者之间的交流和合作得以蓬勃发展。"(Armstrong and Green in Gourley 1997)然而,经济全球化正在促使高等教育发生转型,并且人们期望其能够成为决定大学国际化性质的推动力量。在这样的环境下,教育者需要审视全球化的力量,这是因为,与那些推动国际化的力量相比,他们没有太多的选择,他们只能从高等学校自身的利益出发,做出一些谨慎的决定。全球化强调同质性,国际化强调多样性。这一不同显得尤为关键,因为它决定着国际合作伙伴之间在发展、维护合作项目中的共同利益。

种族隔离时期,历史上水平参差不齐的高等院校折射出的是社会的不平等现象。而不同学科领域间巨大的差距、极少的科研成果、素质低下的学术队伍、学校狭小的发展空间与基础建设的匮乏,以及不公平的大学拨款方式等等,却与全球化的影响有着直接的关系。苏博斯基认为,虽然有些高校"在满足'市场化'大学要求和全球化挑战方面处于绝对劣势"(Subotzky 1997:122),但他们却可以通过其自身定位和以社会为导向的项目,在与社会而非商业性的"模式Ⅱ知识"生产中扮演重要角色,并且有可能通过与其他区域性的、国家的和国际上的高校合作实现这一目标（Subotzky 1997）。因此，这些高校不仅可以从容不迫地把他们的注意力集中在国家的需要上，而且这丝毫不会减弱他们在研究与教学方面的能力。

国际化维度的组成部分

当谈到在教育中增加国际化维度，或者使教育国际化时，我们通常会把注意力集中到各种项目中的个体（学生）身上，或者与个体的学术活动联系起来。如果把国际化维度融入高等教育的教学、科研和服务职能中去，那么，与此同时，很多要素或者策略也会随着这一进程而被考虑进去。正如奈特认为的那样，不同院校的办学目标、指导思想、资源和经验以及不同的投资团体都会对国际化进程产生重要的影响（Knight 1997：32）。

在南非大学的留学生

在南非，国际化程度最明显的部分是通过留学生表现出来的。在 20 世纪 60 年代和 70 年代，世界超级大国把第三世界看成是国际学术合作和交流的主战场。这导致单向关系的产生，即学生从南流向北，教员和基金从北流向南。20 世纪 80 年代末，随着世界局势的变化，经济与政治方面的分歧为国际化找到了一个更加充分、更加正当的理由。现在，面临财政危机的南非大学正在积极吸引自费留学生。

留学生主要是从欠发达国家流向较发达国家（Wagner and Schnitzer 1991），而南非则成为最吸引留学生的国家之一，排名在世界前 40 位之内。联合国教科文组织（UNESCO 1992：3—411）的一份报告显示，在 1992 年，非洲只有埃及拥有较多的留学生。1994 年南非大选之后，国际社会对南非的兴趣逐渐增加，希望到南非留学的学生数量也显著增加。譬如在纳塔尔大学，1996 年的学生数量比 1995 年增加了 18％，1997 年又比 1996 年增加了 25％。然而，当世界上"输出"留学生的高校把南非作为安置学生的目的地时，只有极少数的南非学生获得了出国留学的机会。这可能是由于不合理的汇率政策，缺少奖学金以及缺少经济支持引起的，但更为主要的原因是，高校在鼓励本校学生参与国际项目方面缺少积极性。

课程

课程的国际化程度是高等学校国际化进程最重要的参数之一。同时，在非洲国家内部，课程开发也是最具争议的问题之一。在这些国家，国外代理机构和顾问就经济援助等问题提出了一揽子建议，大力推进全球化进程就是其中最重要的组成部分。然而，在一个商品交换和商品意识都处于强势的市场内，大力推进全球化也许会带来危险的后果，即，全球化的广泛影响可能会破坏当地的文化和生活方式，阻碍本国话语系统的发展，使其慢慢失去原有的影响力，而一个国家的话语系统正是滋生本国民主和人权文化的主要营养来源（Ekong and Cloete 1997：8）。

国家高等教育委员会报告（1996）的核心内容集中在结构和目标、机会或参与、对转型策略本身的控制、投入和管理等问题上，而对学习的内容和过程并不关心。因此，国家资格证书框架（the National Qualifications Framework，NQF）（它是根据 1995 年施行的南非资格证书条例制定的）就应承担起课程转型的责任（*Government Gazette* 1995）。

国家资格证书框架被认为是南非高等教育转型的核心，因为它有助于解释国家希望从学习中获得什么的问题。最为可贵的是，它要求把教育目标——如培养学生的分析及批判思维能力、创造力和解决问题的能力等——都反映在框架对"关键性成果"的表述中。因为国家资格证书框架允许南非所有普通教育与继

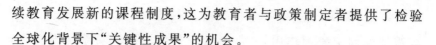

续教育发展新的课程制度,这为教育者与政策制定者提供了检验全球化背景下"关键性成果"的机会。

人们之所以在自己的教育经历中表现出对跨国或者跨文化内容的极大关注,课程发挥了核心作用,因为课程是联结最大多数学生的纽带(Knight 1997:33)。加快实现非洲复兴的美好愿景,需要我们反思课程开发,从而在一定制度的基础上进行课程变革。新的制度应着眼于孕育非洲国家的民主观念,同时在全球竞争的背景下帮助创造专门知识和技术,以实现这些民主观念。这项工作的开展方式取决于我们国家的领导人和高等教育部门的能力:他们是否能在发挥国际化最大效益的同时,对本地文化与需求保持足够的敏感。

国家政策框架

过去短短几年内,南非高等教育国际化进展迅速,每一所高等院校在已经或正在制定的学校整体战略规划中,都把国际化目标置于优先实现的地位。任何认真对待国际化维度的大学,都需要把组织结构放在恰当的位置,因为这样做学校不仅可以最大限度地享受留学生带来的好处,又可以实现国际化课程效益的最大化。

在国家层面上,因为国家政策框架内部各部分相互关联,外交部、教育部以及国内事务部在制定国际化教育政策中发挥着直接作用。外交部正积极实现南非与世界各国关系的正常化,教育部已签署许多双边协议,而国内事务部则直接参与了接纳外国访问学者、留学生移民和学习等方面政策的制定。眼下正在讨论的一项政策性文件提案则建议,应该制定出移民数量的远期目标,因为恰当的移民管理能够带来巨大的经济、社会和教育效益。人们已认识到:要实现国家需要,就必须扫除国际化进程道路上的障碍。

另外，至少还有两个重要政府部门也可以为国际化的国家政策框架制定发挥作用，一个是教育部中的国际关系理事会，另一个是科学发展中心（CSD）中的国际科学合作理事会。高等教育部门中的几个机构已经做好了准备。南非国际教育协会的目标在于推进高等教育国际化，并为高等学校和个人阐述南非和南部非洲国际教育领域存在的问题提供论坛。目前，南非国际教育协会正积极开展政策研究，而不愿仅仅发挥信息通道的作用。

南非大学副校长协会（SAUVCA）专门成立了国际关系委员会。该委员会就南非大学国际关系进展的程度和重要性及其他事务向各大学提出建议。1997 年 10 月，国际关系委员会举行了第一次会议，理工大学校长委员会（CTP）和大学与技术公共关系官员委员会（UNITECH）也将成立相似的机构。

科学研究

促进科技进步依赖大量的研究工作，而南非科研人员还满足不了这种要求（NCHE 1996：41）。一般来说，研究数量偏少可能有以下原因：缺乏研究方法；缺少在南非的各种经历；信息匮乏；当地科研人员尚未意识到研究的重要性。

在国际化进程的管理中，如果高等教育部门能够发挥出积极作用，起到提供信息的作用，则对于开展研究十分关键。教育者需要对教育国际化进程进行深入分析，熟知可能影响高等教育发展趋势的事件，了解南非的研究项目如何能在国际竞争市场中不落下风。就后者而言，若想继续吸引世界各地的留学生，那么保证研究项目的质量问题就显得尤为重要。

环境变化的速度前所未有，高等学校也正在试图找到一些基本问题的答案，以令自身的国际化道路更具专业性和连贯性。全球化仅仅是富国之间互相关照吗？被全球化排除在外的高等学校能跟上前进的步伐吗？它们将为此付出何种代价？昔日南北、贫富和其他社会划分方式在今天的内涵是否一样？或者人们是否会更加关注文化与其他价值？若这些问题的答案是肯定的，那么学生的流动性意味着什么？我们能确保本土学得的技能在全球其他地方也适用吗？或者从其他地方学得的技能同样适用于本土？我们能保证支持学生与学术人员的流动性吗？我们怎样才能做到满足本土要求和应对全球挑战之间的和谐？若"知识就是力量"是正确的，那么这种本土化和全球化之间的危险冲突，是否会在知识富裕国和知识贫穷国之间及高等学校之间进一步加剧呢？

结　　论

走向高等教育国际化就必须尽力避免在奖学金上问题上出现狭隘主义，必须鼓励科研活动，以激发人们对问题与利益的复杂性进行批判性的思考与探究，因为这些问题与利益将对国家间、地区间和各种利益集团之间的关系产生一定影响。参与国际竞争并不意味着对全球化力量毫无批判地服从，但它确实需要在研究的基础上积极参与，需要有明确的国家政策支持。塔博·姆贝基（Thabo Mbeki 1996）的非洲复兴希望，将取决于政府、私人机构和高等学校如何协调它们之间的关系，还将取决于能否采取一致的战略手段，共同把南非建设成为非洲乃至整个世界大家庭中不可缺少的组成部分。

参 考 文 献

Castells, M. (1997) The power of identity-the information age. *Economy, Society and Culture* 29—42. Oxford, Blackwell.

Cloete, N. , Muller, J. , Makgoba, M. W. and Ekong, D. (eds) (1997) *Knowledge, Identity and Curriculum Transformation in Afirca*. Cape Town, Maskew Miller Longman.

Daniel, J. (1997) Technology: its role and impact on education delivery: more means better. Plenary address (Theme 5) '*Technology and its Impact on Education Delivery*', 13th Commonwealth Conference of Education Ministers Parallel Convention, Botswana, May.

Department of Education (1995) *First Steps to Develop a New System*. White Paper on Education and Training in a Democratic South Africa, Gazette no. 16312.

Department of Education (1996) *Green Paper on Higher Education Transformation*. Pretoria, Government Printing Service.

Department of Education (1997) *A Programme for the Transformation of Higher Education*. Pretoria, Government Printing Service.

Ekong, D. and Cloete, N. (1997) Curriculum responses to a changing national and global environment in an African continent, in N. Cloete, J. Muller, M. W. Makgoba and D. Ekong (eds) *Knowledge, Identity and Curriculum Transformation in Afirca*. Cape Town, Maskew Miller Longman.

Gibbons, M. (1997) International perspectives: a learning experience. Paper delivered at the Inaugural Conference of the International Education Association of South Africa, University of the Western Cape, 29—31 January.

Gourley, B. M. (1997) Managing international relations. Keynote address to the Commonwealth Universities Study Abroad Consortium, University of Sains Malaysia, 6—10 May.

Government Gazette (1995) SAQA Act, Notice 1521, azette no. 16725, 4 October.

Haque, s. (1997) '*Globalization of Market ideology and its impact on third world development*' unpublished paper.

Knight,J. (1997) A shared vision? Stakeholders perspectives in the internationalization of higher education in Canada. *Journal of Studies in International Education*, Spring.

Knight,J. and de Wit,H. (1997) Strategies for internationalization of higher education: historical and conceptual perspectives,in H. de Wit (ed.) (1997) *Strategies for the Internationalization of Higher Education: A Comparative Study of Australia,Canada,Europe and the United States of America*. Amsterdam, European Association of International Education.

Kraak,A. (1997) Globalization,change in knowledge production,and transformation of higher education,in N. Cloete,J. Muller,M. W. Makgoba and D. Ekong (eds) *Knowledge,Identity and Curriculum Transformation in Afirca*. Cape Town, Maskew Miller Longman.

Mbeki,T. (1996) Opening address by the deputy president of South Africa to the 19th congress of the African National Congress Youth League,29 February—3 March.

Mulholland,S. (1997) Interfering government is not doing workers any favours, *Sunday Times*,9 November.

Naidoo,K. (1997) Daily News,30 December: (Naidoo is an Asia-Pacific analyst at the University of Durban-Westville) .

NCHE (National Commission on Higher Education) (1996) *A Framework for Transformation*. Pretoria,Pretoria Department of Education.

Ndebele,N. S. (1997) Paper presented at the International Education Association of South Africa, inaugural conference,University of the Western Cape,January.

Orr,L. (1997) Globalization and universities: towards the "Market University"? *Social Dynamics*,23 (1): 42—67.

SADC Human Resources Development Sector (1997) *Protocol on Education and Trainng*. Pretoria,Department of Education.

Scott,P. (1995) *The Meanings of Mass Higher Education*. Buckingham,Open Universitiy Press/ SRHE.

Subotzky,G. (1997) Pursuing both global competitiveness and national development: implications and opportunities for South Africa's historically Black uni-

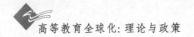
versities. *Social Dynamics*,23(1):102—138.

Technology Enhanced Learning Investigation Report（1996）*A Discussion Document：Report of the Ministerial Committees for Development Work on the Role of Technology that will Support and Enhance Learning*. Pretoria：Department of Education.

UNESCO（United Nations Education,Scientific and Cultural Organization）（1992）*Statistical Year Book*. Paris,UNESCO.

Wagner,A. and Schnitzer,K.（1991）Programmes and policies for foreign students and policies for foreign students and study abroad：the search for effective approaches in a new global setting. *Higher Education*,21（3）:275—288.

Webster,J.（1997）*Weekly Mail and Guardian*,23—29. January.

第六章

从英联邦的角度看高等教育全球化

迈克尔·吉本斯

■ 泰晤士河岸边的威斯敏斯特教堂 (高耀丽 摄)

引　言

　　要讨论高等教育全球化问题,必须首先探讨高等教育全球化的本质是什么,它又发展到了何种程度。高等教育全球化的本质问题颇具争议。目前,人们似乎达成了这样的共识:如果确实存在全球化这一现象,其涉及的范围,除了投资领域,也许还包括一些金融服务行业;而其他领域全球化的发展仍然处于初级阶段。不过,如汽车市场,是否需要根据供需形势建立一个"世界汽车"市场,仍然存在很多争论。正如一位学者最近指出的,商业领域的"可口可乐化"(cocacolinization)一词已经成为明日黄花。但是我们不能就此得出关于全球化"非全则无"的结论。也许全球化的发展是不平衡的。全球化趋势在金融服务领域,甚至在研究和开发领域(特别是电子行业)已蔚然成风。当然,我们不能理所当然地认为,全球化已经相同程度地渗透到了所有的领域。

学生交流的全球化

　　我们需要谨慎地看待高等教育的全球化问题。如留学生(即在国外接受部分高等教育的学生)的数量一直在增长。这一趋势在澳大利亚的大学中尤为明显。澳大利亚的大学齐心协力地开发东南亚国家市场,将其作为高等教育的生源地。但整体上,"经济合作与发展组织"国家的留学生数量没有超过学生总数的10%。这意味着大部分本科生仍旧在本国接受教育。尽管很多国家(如挪威、瑞典和英国),出台了旨在促进留学生国际交流的政策,但是涉及的学生数量相对较少。很多国家有各种各样的奖学金政策,但很多留学生依然是自费上学。在有些国家,特别是加拿大、澳大利亚和英国,目前留学生已经是很多大学重要的收入来源。一方面，高等教育中留学生所占的比例还很低；另一方面，这种流动只集中在少数几个国家，留学生对这些国家部分大学的经济利益具有重要影响。

与本章问题密切相关的是学生的流动路径问题。很久以来，这种路径一直受到历史因素的影响。例如，在英国，留学生通常来自英联邦国家，如新西兰、澳大利亚、加拿大、印度和非洲的部分国家。同样，美国学生除了到其他英联邦国家学习外，仍然会选择到英国留学（虽然数量较过去已有所减少）。出现这种现象的原因可以归结为：美国与英国长期的历史渊源；采用英语教学；越来越多的美国人经济阔绰起来；能够向学生提供一系列奖学金和研究资助。这些都保证了学生有足够的经费完成在英国的学业。只有少数国家（尤其是瑞典）从发展长远经济关系的角度出发进行投资，积极推进教师和学生的国际交流。

毫无疑问，有越来越多的学生到国外接受高等教育。但是，这种交流还不足以成为高等教育全球化的指标，甚至无法将其视为高等教育全球化初级阶段的标志。随着经济的进一步"全球化"，我们很难估计人们出国学习的愿望将增强还是削弱。无论怎样，很多人认为，倘若一国经济的金融服务（特别是投资行业）出现自由流动，那么生产部门、服务领域和高等教育也将出现类似的趋势。也许情况确实如此，但我们认为短期内不会有这种发展势头。留学生数量的迅速增加是近年来的现象，但是，这种增长背后的推动力已经成强弩之末，对此下文还将有论述。

在预测留学生数量的增长时，我们持保守的观点。这有两方面的原因：第一，学生从一个国家的大学转移到另一个国家的大学的成本很高，学生来源国的经济必须持续增长，才能保证有大量的人群——主要是中产阶级——有可自由支配的资金将子女送到国外接受教育。最近东南亚经济的萧条，就很好地证明了可自由支配的收入是多么的不稳定。第二，随着经济的发展，一个国家的高等教育体系也会壮大。在大多数迅速壮大的经济强国中,对高等教育增长的需求主要是通过扩大和改善当地大学和学院来满足的。而对于那些目前基础尚薄弱的高等教育系统而言,在他们逐渐改善教育质量的过程中,高等教育全球化也不可能通过增加流动来实现。

更多学生似乎会选择某种形式的远程教育,而不是通过出国来增进知识。事实上,有人就这样认为,如果依据大众高等教育经济学的原理,那么,所有学生,而不仅仅是留学生,都会作出这样的选择(Daniel 1996)。目前,远程高等教育的瓶颈是高等教育供应方的技术问题。相对而言,将新的信息交流技术(特别是软件应用方面)应用于大众高等教育的条件仍然不太成熟。即便是物质条件非常好的大学(譬如英国的开放大学),教育生产的成本依然居高不下。当然,随着对更高质量软件需求的不断增长,此种情形将会得到改观。如此,远程教育课程和学位的市场也许会像目前国际金融交易市场一样发达。不过,要发展到这一阶段,仍要看高等教育机构是否能提供高质量和便捷的网络教学内容。

研究与开发的全球化

与大多数工业部门相比,知识生产领域的全球化问题较少有争议。信息和数据的全球性流动,似乎是日渐兴起的知识经济与生俱来的特点。知识生产和研究的全球化最有可能对高等教育产生影响,因为大学已经成功地为自己确立了"基础知识生产者"的地位,占据着基础研究的一片天地。但即使在这一领域,全球化也并非是囊括一切的。帕维特(Pavitt)和其他人的研究表明,尽管观点、方法和技术的生产可能是全球性的,但是创新过程——新产品和方法的开发——仍然是区域性的。不可否认,创新过程所需的知识可能来自不同地方,同时,是否能调动各种要素去解决具体问题,从而推出新的产品和方法,区域性的能力也至关重要(Pavitt 1991)。正是人们对各种专业知识需求的增长,

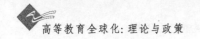

才促进了网络和研究与开发的合作关系。

这种新型的研究与开发组织形式的出现，既是出于共担风险和成本的需要，也是为了能够获取相关研究的最新信息。公司希望通过从研究的投资中获得价值，但是他们知道要保持在国际竞争中的地位，只靠自己无法占有全部知识资源。而保证他们获得新知识最为有效的方法，就是参与各种形式的协作。正如我们在本章中即将阐述的那样，在日益崛起的知识经济中，大学将发挥比现在更为独特的作用。

以下我们仅从研究的角度，探讨高等教育的全球化问题。首先，我们将概述一下高等教育所依赖的知识环境的性质。很明显，在未来，大学将更多地参与到知识生产的过程中。高等教育的全球化过程，也是大学参与分散性知识生产（distributed knowledge production）体系的过程。这就意味着大学将更多地参与各种联合和合作活动，反过来，这也要求建立包括研究组织在内的新机构。最后，我们将回到本章的主题，表明新的研究组织形式将对像英联邦这样的国际组织带来好处。

影响知识生产的一些因素

前面我们谈到大学正被带入一种新的知识生产体系中。在更加详细地阐述其特点之前，我们有必要回顾一下这种新体系产生的发展过程。

高等教育大众化：供给方的增加

高等教育大众化和"二战"以后大学研究职能的确立，造就了一大批熟悉研究方法的人才，其中很多人具有各种专业知识和技能。目前，高等教育大众化趋势是国际性的，呈现出不可逆转的强劲发展势头。就知识的供给方而言，来源于高等教育、有潜在能力的知识生产者的数量正在持续增加。

但是,目前很少有人认真研究高等教育扩张的另外一层含义。有越来越多的人熟悉科学并掌握了科学方法,而且其中很多人正在从事具有研究性质的活动。他们运用自己的知识和技能,解决各种问题,而这些问题与当初培养自己时大学所研究的问题相比已差之千里。现在,不仅大学在生产科技知识,产业界、政府实验室、智囊团、研究机构和咨询机构也涉足其中。高等教育在国际范围内的扩张意味着开展研究的场所增加了。人们对下面的问题仍然十分困惑:如果大学继续培养高素质的研究生,这些学生是否将削弱大学作为知识生产者的垄断地位。相信很多毕业生最终有能力对大学的研究作出评判;与大学相比,他们所属组织的研究工作同样非常出色。大学开始意识到,自己只是庞大知识生产过程的一员——尽管仍然是其中主要的一员。

专业知识:需求方的增加

与此同时,公司对各种专业知识的需求也在增长。大家都知道,产业界对知识有需求,特别是对科学技术研究成果的需求更大。但是公司对专业知识需求旺盛的原因并没有广为认识。专业知识通常是决定一个公司竞争优势的关键因素。随着国际竞争的加剧,公司需要通过引进新技术迎接挑战。新技术是必要的,但它并不是成功革新的充分条件,技术革新越来越依赖于专业化知识的使用,根据竞争压力的需求来开发技术。之所以需要应用专业知识,部分原因是它提供了不竭的、能够带来创造性比较优势的资源,同时也因为它是难以模仿的。这点对于那些本国文化中还没有良好科技基础设施的公司而言尤其如此。在很多领域中,这些公司代表着国际竞争的"排头兵",因此,专业知识备受重视。但是,获得专业知识很难,对一家公司而言,要全部重复生产专业知识,成本太昂贵。为了解决这一问题,公司开始与大学、政府和同一领域的其他公司建立合作关系。这些合作的供需

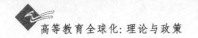

关系由市场机制调节,但这种关系并不一定是商业化的。

在这些知识交易市场中,人们虽然对知识本身的渴求热情依旧,但要直接购买或销售这些知识,通常不像其他商品那么容易。知识越来越多地产生于市场关系之中。在有特殊应用的背景下,专业知识的生产过程需要将人力和物质资源进行整合。随着市场竞争的加剧,这样的知识生产背景也日益复杂,也更加转瞬即逝。市场是动态的,它不断提出新问题,因此,知识生产的场所以及相应的沟通网络也在不断发生变化。在这种情况下,人们需要通过合理配置人力资本进行知识生产。和物质资本不同,人力资本的伸缩性更强,它可以通过重复配置,生产出新的专业知识。

分散性知识生产

这里一个核心的观点是：潜在的知识生产者(供给方)数量的增长和社会对专业知识的需求都为分散的知识生产体系的形成创造了条件。这个新的体系对与知识生产相关机构(特别是大学)来讲意义重大。专业知识市场应运而生,这意味着所有机构的游戏规则在不断发生变化——虽然变化的方式和速度未必相同。一些公司和大学已经在这方面做了很多工作,这点从他们所招收员工的类型以及他们参与各种合作的复杂程度上可见一斑。但要真正建立这一体系,我们还要求在一定程度上明确这些参与机构的预期目标,完善行业发展的规范,修订从业人员能力的社会和技术标准。

分散性知识生产的现象表明,整个社会中的个人和组织既是专业知识的生产者,同时又是这些知识的消费者。知识生产需要对有关问题做出迅速、灵活的反应,而机构之间的沟通常常被忽视了。目前,无论知识生产机构之间的渗透程度如何,一个基本事实

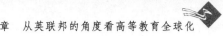

是：知识生产依赖于更广阔的社会背景，而不是集中在少数几个机构中。知识生产囊括了处于各种不同社会关系中的个人和组织。

分散的知识生产正朝着全球网络的方向发展。这个网络的相互联系因新生产场所的出现而日益复杂，因此沟通就显得十分重要。目前，一部分沟通是通过正式的合作协议和战略联盟完成的，一部分是通过迅捷的交通和电子通讯技术支持的非正式网络进行的。但这只是冰山一角。新的知识生产方式要发挥作用，还需要电讯和计算机提供最新的技术支持。因此，分散的知识生产者是信息流动和转换这一创新活动的推动者和消费者。

分散性知识生产的特点之一就是，利用知识就要参与知识的生产过程。在分散的知识生产中，如何组织知识的参与过程十分关键。参与的目的不仅仅是为了获得商业或其他方面的优势。实际上，在环境科学、生物技术和医学方面，"什么是经济利益？"以及"究竟是谁的经济利益？"是很多争论的核心问题。目前在环保技术方面的努力，不仅有经济利益的考虑，还涉及如何保护好岌岌可危的生态体系、人类的健康和幸福以及商业收益之间的平衡问题。也就是说，分散的知识生产在其他领域具有双重革命性的影响——如从经济学的角度看，这种影响体现在主导性的劳动分工和"社区意识"（sense of community）方面。

总之，知识生产不再是自我封闭的活动。它现在既不是"大学的科学"，也不是"产业的技术"，更不再是某类机构的专属领地——其他部门只能从其"溢出"或"附带"的知识中获益。无论从理论和形式，还是从方法和技术的角度，知识生产已经从高校发展到了许多不同的机构。在这个意义上说，知识生产已经成为一个分散的过程。这一过程以知识生产场所的扩展为基础，场所的扩展成为知识资源不断组合的源泉。我们所看到的只不过是"知识神经末梢"的复制品。

简言之，分散性知识生产有五个主要特点：

1. 越来越多的地方在从事公认的高水平研究。对此，我们只要查阅科学刊物上作者的地址便可一目了然。由于变化太快，出版界也无法准确地获知社会上分散性知识生产的全部信息。

2. 这些知识生产场所通过相互作用，不断地扩大有效互动的基础。各种机构源源不断地为知识储备作出贡献，这些机构既是知识的储备库，也是知识储备体系的使用者。

3. 分散性知识生产的动力在于知识体系的流动和体系之间不断变化的联系方式。这种联系也许是随意的，它更多地随具体情形而变化，而不是跟随学科结构或国家科学政策的旨意亦步亦趋。

4. 相互联系的频率正与日俱增。目前，这些联系显然没有受到现有组织结构的左右。这可能是因为此种联系原本是功能性的；只要有用，这样的联系就会存在。联系的紧密或松散程度，取决于要解决问题的路径，而问题的路径不再由学科结构决定。

5. 分散性知识生产的发展更多地呈现多样性而非同一性。新的知识生产场所不断涌现，反过来为研究者之间的进一步结合提供了生长点。从这个意义上说，分散性知识生产体系具有"自我组织系统"（self-organizing system）的某些特性——这些系统的内部交流日益频繁。

简单地说，知识生产的分散性特征，导致了专业知识生产场所数量的增加，同时也促成了这些生产场所之间的有效互动（Gibbons *et al*. 1994）。这一变化会极大地影响 21 世纪高等教育全球化的步伐。因此，我们有必要探讨由此而给高等教育带来的重大影响，以及高等教育应有的创造性。

分散性知识生产：大学的新模式

分散性知识生产正在创造一个合作的世界。一些大学越来越多地参与合作和联盟,并与分散在世界各地的"解决问题团队"共享人力和其他资源,因此,这些大学的机构需要重新组织。分散性知识生产的存在必然引起目前组织结构的变化,这一点也许在大学引进"智力资本"这一概念时表现得最为明显。

大学向来被看做是使用各种智力资本的工厂。大学教师就是专家,他们按照学科研究的惯例工作。院系是组织单位,研究生则是学徒。根据学科研究的要求,大学细化了院系结构,招收他们能雇得起的最好的员工。大学常自认为拥有智力资源,并借此树立自己的声望。虽然大学鼓励独立工作,而且需要经济资源作为支持,但是大学里最典型的情况还是:一批固定的教师按照各自学科规定的"好科学"的标准研究专业问题。

分散性知识生产过程有各种不同的规则。科研项目的确立与资金的筹措与传统的做法都不相同。研究人员以团队的方式研究复杂社会背景下临时出现的问题,并根据问题的重要性不断做出调整。要想知道研究的最新进展,就必须参与到这些问题中。正因为如此,一些最优秀的专业学者悄悄从自己的学校走出来,参与到各种实际问题的解决中。对有些人来说,这种行为是对他们的机构和学科的不忠诚。但是,一种新的动力正在主导着大学研究人员的行为。如果大学想走在科学研究的最前沿,他们就必须保证员工参与到解决相应问题的过程中。但是,现实问题多样且易变,没有任何一所大学能保证有足够的人力参与解决所有的问题。为此,大学必须学会利用共享智力资源的优势。这正是高等教育全球化过程中,面对分散性知识生产时大学遇到的根本性挑战。

为实现共享资源的规模效应,大学似乎只需要少量的核心全职员工,因为它拥有一大批以各种形式与大学发生联系的其他专家作为外援。每所大学的智力构成将更加灵活,以便更好地适应新问题对智力的要求。为此,大学要试行更广泛的用工合同。大学需要认识到这样的事实:他们不可能完全拥有所需要的一切人力资源。从某种程度来说，这让大学处于一种类似"第二十二条军规"（*Catch-22*）①的尴尬情形中——一方面，大学教学和科研已经并将继续呈现出增长趋势和多样化态势，为此大学需要补充更加多样化的智力资源；另一方面，维持这些资源成本太高且不够灵活，无法满足不断变化的要求。

要解决上述矛盾，一个办法是更多地与他人共享资源，并且有效利用共享的智力资本，从而最大限度地实现本机构的目标，这将成为未来教育主管应具备的基本能力之一。他们不会认为所有员工必须是全职的。如果实际情况真是如此，我们就需要考虑一些深层的组织结构问题。例如：非全职人员如何在传统大学环境中生活？他们的贡献怎样得到承认？他们会得到提升吗？根据什么标准提升？雇用他们的成本如何计算？他们和研究生的关系怎样？他们需要从事教学活动吗？这些都是需要考虑的问题，但我很清楚，如果不从根本上改变大学的性质，这些问题都将无法回答。

大学若想站在科学研究的前沿，就需要参与到分散的知识生

①　《第二十二条军规》是美国著名作家约瑟夫·海勒（Joseph Heller）1961年根据自己在第二次世界大战中的亲身经历创作的黑色幽默小说。小说的内容梗概是：主人公约翰·尤萨林上尉是美国陆军第27航空队B-25轰炸机上的一名领航员兼投弹手，他希望在战争中保全性命。根据司令部规定，完成25次战斗飞行的人就有权申请回国，但必须得到长官批准。当尤萨林完成第32次任务时，队长卡思卡特上校已经把飞行指标提高到40次。等他飞完44次，上校又改成50次。当他飞完第51次，满以为马上就能回国的时候，定额又提到了60次。因为根据第二十二条军规的规定，军人必须服从命令，即使上校违反了司令部的规定，在他飞完规定次数后叫他飞，那他也得去，否则他就犯下违抗命令的罪行。所以无论他飞满多少次，上校总可以继续增加定额，而他却不得违抗命令。如此反复，永无休止。官兵们的精神已近乎崩溃，可谁也不可能停下。于是尤萨林逃进医院装病，军医说他是在"白费时间"，他"当场就决定发起疯来"，因为根据军规，精神失常的人是不准上天飞行的，但只能由他本人提出申请。而一个人在面临真正危险而又担心自身安全时，就证明他神志清醒。于是就产生了如下逻辑：如果你疯了，只要你申请就允许你停飞；可你一旦提出申请，就证明你不是疯子，还得接着飞。最后，尤萨林终于明白："这里面只有一个圈套……就是第二十二条军规。"现在，"第二十二条军规"已作为一个专门的词汇，用来形容任何自相矛盾、不合逻辑的规定或条件所造成的无法摆脱的困境，或一件事陷入了逻辑陷阱等等。——译者注

产过程当中。要做到这一点，它们至少要更加开放，与更多的团体接触，"平开门少一些，旋转门多一些"。在使用智力资本方面，大学需要进一步走企业化道路，这就意味着他们要尝试雇用员工的新方式。但是，如果大学沿着这条道路走下去，他们可能需要在大学内部建立两个并行的结构：一个是基于学科的教学结构，另一个是为分散性知识生产服务的科研结构。分散性知识生产过程将把大学推向更广阔的知识生产体系，从而促进高等教育的全球化。另一方面，大学如果要参与新体系，必须在其内部建立不同的结构。因而我们将面临教学和科研逐步分离的危险。

向知识产业的过渡

但是我们还有另外一个因素需要考虑。全球范围的分散性知识生产对高等教育提出另一个挑战：培养具有新技能的人才。毫无疑问，知识经济的出现需要不同类型的"工人"。事实也正是如此。现在重要的知识不只由科技专家或产业专家生产，而是由符号分析家（symbolic analysts）生产的。他们的任务就是加工由各地人们提供的符号、概念、理论、模型和数据，然后将它们重组为新的知识形式。

从创造知识的研究者和整合知识的符号分析家之间的区别，我们可以引申出"以知识为基础的产业"（knowledge-based industries）和"知识产业"（knowledge industries）之间的区别。以知识为基础的产业大多旨在理解和改善某个生产过程，当然这一过程中也可以产生知识，但是研究者更关心的是产品和开发过程。在以知识为基础的产业中，产品（products）仍然是买卖的实体。

与此形成鲜明对照的是，在知识产业中，知识本身就是用来交换的商品。如前所述，现在各种不同的场所都可以生产知识——大学、智囊团和政府实验室——一旦知识产生,就可以通过另外的结合方式被再利用。在知识产业中,如果知识被再次利用,与其他知识重新组合以解决某一问题或满足某种需要,原有的知识就会增值。知识产业领域的公司之间在知识组合的创新方面展开竞争。他们的创造性竞争优势正是建立在这种灵活性基础之上的。高等教育大众化为知识产业的诞生提供了条件。高等教育在社会中的渗透又为产业系统源源不断地提供训练有素的人力资源。科研已经成为大学的中心职能——最初科研只是在最好的高校中进行,后来逐渐发展到其他高校中。这个过程起初是缓慢的,但随着外界推动力的逐渐加强,不仅大众对科技和科学方法、程序的认识水平在不断提高,而且进行独立、专业性研究活动的场所也在迅猛增加。现在,大学的步伐需要迈得更大一些,要开始培训知识工作的骨干。他们的主要核心技能和创造力主要不在于生产新的知识,而在于如何将他人创造的知识进行整合。

生产者服务的重要性

知识整合的作用在生产者服务(producer services)的发展过程中体现得尤为明显。很多人认为,与时尚行业和汽车行业一样,生产者服务业将成为附加值持续提升的行业。生产者服务行业用专业知识提供解决问题的方法,从而给产品(甚至是大批量生产的产品)创造市场优势。

生产者服务部门的组织方式与大众消费部门的组织方式不同。它们既不需要大量投资,也不需要像大众化产业部门那样实施等级管理,雇用大量人员。其实,传统产业的大规模运营,对通过沟通互相学习和锻炼解决问题的技巧是不利的。在生产者服务部门，数据、信息和知识是主要的交易商品。通过不断将这些因素重新组合，这些公司能够为其他各种产品和过程提供增值服务。这些部门的竞争优势在于：它们可以不断重复生产过程。

当增值点从知识的创造转为知识的整合时，我们就需要新型工人来保证这一过程得以延续。能够给这些公司带来价值的人群包括：问题解决者、问题识别者和问题经纪人（Reicher 1991）。而最能发挥他们作用的组织不是等级制，而是能保证他们进行密切交流的组织形式。

生产者服务公司具有蜘蛛网一样的特点。每一个结点都是由掌握不同技能的人结合起来的解决问题的团队。这些结点通过无数交流渠道与其他结点联系在一起。为了生存，每个公司都必须接触新的知识，整个部门的相互联系也越来越紧密。这种相互联系的对象不仅包括其他公司，还包括许多其他知识生产团体——政府研究实验室、研究所、咨询机构和大学。它们相互联结起来，就形成了一个具有分散性知识生产特点的服务体系。

在我们看来，生产者服务代表了有一天可能出现的知识产业的早期阶段。生产者服务部门的发展说明：专业知识对所有制造业和新型组织形式都是重要的，同时也说明，通过提供个性化知识获取利润的各种技能也是重要的。在这个产业中，数据、信息和知识是追求的目标和增值的主要商品，而竞争优势在于重复整合知识的创造力。当重心从创造知识转为整合知识时，新型工人必须出来推动这一过程。里奇（Reich）已经将为新企业带来最大增值的团体确定为问题解决者、问题识别者和战略经纪人。最能发挥这些人员能力的环境，应该是等级性不强、能够进行密切交流的组织。因此，"要在适当的时机，用适当的方法解决适当的问题，信息必须能够清晰、快捷地流通。这里没有官僚主义的立足之地"（Reich 1991：67）。

现在我们需要描述知识是如何产生于这些组织的。具有创造力的团队无论在开发新的软件、构思新的市场策略、致力于科学发现还是策划金融妙招时，总是以同样的方式识别和解决问题的。大部分合作是横向进行而不是纵向进行，因为问题和解决方案不可能提前确定，也不能产生于正式的会议和日程安排中。问题和方案是在团队成员频繁而随意的交流中产生的。大家分享经验、困惑和解决方法的过程，也是互相学习的过程：一个问题的解决方案也许同样适用于另一个完全不同的问题；别人的失败可能成为另一项毫不相干任务的制胜法宝。这就好像团队成员在同时使用同一堆材料玩七巧板游戏——这些材料能够组成很多不同的图案。

无论你是探讨科学（如人类基因工程）和技术（如第五代计算机的设计）的前沿问题，还是高附加值产业的问题，开展研究的组织不像金字塔而是像蜘蛛网。里奇对知识生产的这一特点进行了精彩的描述：

> 战略经纪人处于中心地位，但是他们周围还有他们不直接介入的各种关系，而新的联系还在不断涌现。在每一个连接点上，根据任务的不同有几十到几百人不等的团队在一起工作。但是，如果团队再大一些，他们就不能迅速而随意地学习了。在那里，个人的技能彼此结合，团队的创新能力也不只是个体能力的简单相加。随着时间的推移，团队成员一起解决各种问题，互相接触，了解彼此的能力。他们学会了如何相互帮助以求做得更好，他们也能了解到谁能够为某个项目做出什么样的贡献，如何共同获得更多的经验等等。所有的参与者共同关注如何推动团队进步。这种逐渐积累经验和相互了解的方式是不会轻易地通过标准化操作程序就能迁移到他人或其他组织的。企业网络上的每一点都代表着技能的独特结合……企业网络有多种形式，而且以后还会有新的形式出现。最常见的形式有：独立的利润中心、围绕

科技副产品(spin-off)建立起来的合作关系、特许经营和完全代理等。全球网络的媒介就是计算机、传真机、卫星、高分辨监测器和调制解调器。所有这些媒介将世界各地的设计者、工程师、承包商、特许经营者和交易者联结在一起。

(Reich 1991：91—92)

这番描述清楚地表明了生产过程中专业知识的核心地位，以及从中获得利润所需的不同组织形式。我们曾从新产业的角度描述过这种发展，旨在强调这样一个事实：在新产业中，知识是主要的产品，要开发这种产品就需要新的技术骨干。高附加值企业也需要新型的组织和管理方式。它们在本质上是全球性的，随着电信网络的发展，它们之间的相互联系也将更加密切。

总之，经济全球化和国际竞争的压力正在消除国家之间、机构之间和学科之间的界限，并促进分散性知识生产体系的形成。大学是这个新体系中不可或缺的组成部分，但它们只是这个以知识技能为中心的经济秩序中众多生产机构中的一员。通过参与分散的知识生产，高等教育体系进入了全球化的进程。但是，国际竞争带来的各种界限的消除并非是知识生产的唯一背景。政治和文化力量似乎与经济体系的全球化趋势背道而驰，这就要求我们建立能够成功消除政治文化分歧的组织。现在需要注意的问题是：分散性知识生产的发展与英联邦有什么关系？

英联邦的视角

人们有时会质疑：英联邦的情况是否能适应新兴的、更加多变的全球化需要？言下之意是，现存的英联邦关系是旧的联盟，已经过时，因而在全球化世界中也许没有多大意义。通过前文对知识生产和知识产业的探讨，我们可以看出，全球化强调的是联系——需要很多不同的联系。在知识经济中，联系是关键。具体地讲，强调联系是因为，无论知识和技能产生于何处，我们总是需要它们。我们通过各种形式开展和保持这种联系——包括合作、联盟和网络。这些联系形式多样，除了高等教育机构，还有众多其他知识生产机构。从专业知识的角度看，只要高等教育机构有能力参与到解决现实问题的网络中，它们就是知识网络中不可缺少的一部分，而这个网络将成为经济和高等教育全球化的中心。

但是，当今经济发展过程中存在这样的矛盾：伴随全球化市场的融合，还出现了地区性分化的现象。全球范围出现的地区性贸易协定、组织和集团就是这种分化趋势的有力证明。不必全篇阅读亨廷顿的文章，我们就能理解这些制度安排都有附加的经济议程。结合文明和文化交流，它们构筑起新的全球格局（Huntington 1996）。不论是由于政治原因还是经济原因引起的，地区化是我们生活的一部分，它必将对知识生产体系中至关重要的合作关系发展产生影响。

经济生活的地区化可能会令地区间的知识联系更加困难，妨碍解决全球化问题所需的知识和技能的沟通。在提高解决问题的能力方面，分散性知识生产需要更大的灵活性和开放性。合作所需的环境也许会因为亨廷顿（Huntington）所说的"文化分类"（cultural groupings）的加强而遭到破坏。解决地区化的干扰显然是个困难而复杂的问题，但这也为那些能够在地区之间架起沟通桥梁的组织创造了机遇。知识生产总是遵循一定的兴趣点，这些兴趣点必然涉及科技、经济、政治以及文化等方面的问题。知识生产经纪人需要一如既往地创造有效合作的条件，从目前的发展趋势看，这可能需要一个跨地区的协调机制。

英联邦是一个国际性集团，但是其成员国同时属于其他地区性组织，这些相互牵涉的联系具有非常重要的意义。正如韦斯特

（West 1994：409）所说："在不断全球化和地区化的经济环境中，英联邦的多地区性成员关系对于促进和协调不同经济区域国家的双边和多边贸易和投资具有重要的经济意义。"

要将上述可能性变为现实，英联邦的运行方式——更确切地说，英联邦在人们观念中的运行方式——需要调整。过去，英联邦通常被认为是各成员国联合起来作为一个整体而发挥作用。例如1991年的《哈拉雷宣言》（The Harare Declaration）强调民主和人权，并将这一目标作为英联邦国家的统一行动指南（McIntyre 1991；Jenkins 1997）。但是，韦斯特（1994）雄辩地指出，未来重要的国际关系中，常常需要就某一具体问题（例如，像贸易和投资之类的经济合作问题），在两个或若干联邦国家之间展开合作。韦斯特的一个重要观点是，除了向他国提供援助：

> 任何两个联邦成员国之间都可能建立起经济合作关系，而这并不妨碍这些国家对英联邦组织的忠诚，因为在现代全球经济中，大部分贸易和投资决策是建立在相对经济收益的估算基础之上的。只要某项贸易或投资计划在经济上毫无问题，联邦成员国之间的商业合作必然会在联邦国家共享的商业文化下得到蓬勃发展。

（West 1994：410）

我们可以用同样的视角理解知识的生产。首先，专家会乐于互相合作。他们之所以愿意解决复杂的问题，很大程度上是因为他们的合作伙伴有相应的素质。比较而言，在解决实际问题上，任何联邦关系都是次要的。但是，在一些重要问题上，有关国家和大学之间的合作肯定会在一种共享的"联邦大学文化"下得到增强。在高等教育领域，多年的合作在联邦内部创造了一种活跃的大学文化。通过国际合作与交流，这种共享文化推动了各国大学的教学和科研，也理应成为英联邦国家知识生产进一步发展的

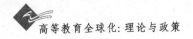

良好基础。

鉴于共享的英语语言、共享的历史和组织模式，无论在商业领域还是高等教育领域，联邦文化都能促进联邦成员国（即便那些其他文化差异很大的国家）间的合作。韦斯特（1994：415）指出："持有将经济与文化因素割裂开来观点的人，有时却忘了这样一个事实：经济决策本身通常就包含了文化的因素。"当然，如果有一个共同的文化做基础，经济和研究方面的密切合作通常会更加容易一些。从这个意义上说，英联邦大学或商业文化在走向全球化过程中具有重要意义，这一点需要得到重视和认真分析。尽管英联邦国家之间存在程度不同的文化差异，这些共享的文化还是成为联系这些国家的一种重要纽带——英联邦国家之间的纽带将使各国建立合作关系变得更加容易。

一个新的趋势是，知识对经济生活具有重要贡献（虽然这不是知识唯一的贡献）。一直以来，商业和高等教育文化基本上是分离的。但是，分散性知识生产的出现，要求这两种文化实现更加密切的沟通。

在知识经济中，英联邦的商业与高等教育的密切结合还有效率方面的考虑。英联邦国家的高等教育是一个具有无限潜力的资源。那里的高等教育形式多样、规模各异，教学和科研活动涉及多数科学领域。总体上说，英联邦拥有除美国之外世界上最大、经济和文化最富庶的高等教育系统。虽然学者不喜欢作这样的联想，但是英联邦的高等教育的确是一个数十亿美元的事业，并且至少在知识生产领域，这里的大学正参与全球性的商业活动。

知识生产的全球化，特别是分散性知识生产的出现，为所有大学提供了新的发展前景。正如我们看到的那样，经济因素使得高等教育与产业界之间的界限变得越来越模糊。在知识经济中，他们之间的界限很可能会完全消失。全球性知识生产都是由临时组成的联合、合作和网络团队完成的。如果大学不想落后于时代，就必须参与到这些网络中。它们需要创建新的组织形式，能够在分散性知识生产体系中与他人分享全球资源。在这样的框架中，大学必须拓展知识领域、提高应对速度，以便更好地融入到分散性知识生产体系之中。本质上，分散体系就是利用共享资源优势的体系。

正如产业中那些依赖知识的部门一样，高等教育的未来发展肯定需要越来越多地依赖共享资源。在英联邦的框架下，共享资源可能会更加容易些，这是因为，首先，如前所述，无论在商业领域还是高等教育领域，英联邦都是全球经济的次级系统（subsystem）。两者都已经渗透到了分散的知识生产体系中。分散性知识生产的当务之急是需要更多这样的合作安排。一旦确定某项联合有必要，在英联邦关系内部安排具体的工作就相对容易一些。

其次，高等教育资源分散在各英联邦国家中，但它们已经因关系和合作纽带而结合在一起。例如，多年来，各国大学已经形成了一个非政府组织——英联邦大学协会（the Association of Commonwealth Universities），使得现有大学之间的联系变得强大而持久。这些联系对发展知识产业和保持大学活跃的科研文化至关重要。现在的关键是如何进一步拓展已有的网络，以便建立更多合作关系和计划，这样就可以发挥英联邦大学文化应有的作用。英联邦为大学之间和大学与产业之间的合作关系提供了一种文化氛围，英联邦系统可以借此建立良好的实践模式。因此，英联邦国家之间的联系完全可以成为全球合作体系的有机组成部分。

分散的知识生产依赖于网络。英联邦可以通过开发高等教育体系的网络资源，推行资源共享的政策，谋求各成员国的大学和其他知识生产者的共同发展。网络是现存的，院校的办学模式是相通的，彼此熟悉的合作关系由来已久，因此，从院校层面来说，英联邦的高等教育部门已经为建立更多合作关系、适应新出现的知识生产方式做好了充分准备。在知识生产和整合领域，建立起高等教育与商业文化之间更具成效合作关系的时机就要到来了。

当然，任何合作安排所需的全部资源不仅来自英联邦自身，也可能来自世界范围的学术团体。现在，知识生产的范围已波及全球，科学家一如既往地根据自己对问题的兴趣而工作，这意味着他们将越来越多地在由各国专家组成的团队中开展研究。因为解决问题的工作团队是真正的全球性资源，所以，跨地区的合作将与日俱增。虽然建立真正的跨区域合作组织的压力在不断增大，但英联邦在处理区域事务方面已经积累了大量的经验，能够在合作研究项目中迅速形成专业优势。

因此，英联邦的存在并非不合时宜。已有的跨区域合作关系将保证英联邦在建立合作联盟方面发挥重要作用。尽管我们谈到了很多全球化的问题，但是高等教育和商业活动都将更加区域化。如果亨廷顿（1996）的话是正确的，如果世界已经呈现出从经济全球化向文化区域化转移的端倪，那么，在日益区域化的世界里，英联邦将在地区合作中扮演得天独厚的领导角色。

参 考 文 献

Daniel,J. S. (1996) *Mega-Universities and Knwledge Media*. London,Kogan Page.

Gibbons,M. ,Limoges,C. ,Nowotny,H. , Schwartzman,S. ,Scott,P. and Trow,M. (1994) *The New Production of Knowledge：Science and Research in Contemporary Societies*. London,Sage.

Huntington,S. P. (1996) *The Clash of Civilisations and the Remaking of World Order*. New York,Simon& Schuster.

Jenkins,R. (1997) *Reassessing the Commonwealth* ,discussion paper no. 72,London,

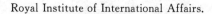

Royal Institute of International Affairs.

McIntyre, W. D. (1991) *The Significance of the Commonwealth*: 1965—1990. Canterbury, NZ, Canterbury University Press.

Pavitt, K. (1991) What makes research commercially useful?. Research Policy, 20: 109—119.

Reich, R. (1991) *The Work of Nations. Preparing Ourselves for 21ˢᵗ Century Capitalism*. London, Simon&Schuster.

West, K. (1994) Britain, the Commonwealth and the global economy. *The Round Table*, 332: 407—417.

第七章

欧盟在高等教育国际化中的角色

尤利奇·泰希勒

■ 柏林洪堡大学 (王涛 摄)

高等院校倾向于把自己比作国际化的机构。许多历史悠久的著名大学,早在其国家开始现代化进程前就已经存在很久(参看 Briggs and Burn 1985)。学者们也比其他专业团体更倾向于国际性合作,而他们也正是这样做的。然而这种情况可能会使高等院校内的负责人低估国家力量对高等教育的影响。事实上,20 世纪的高等教育状况是由特定的国家背景和国家政策所决定的。毫无疑问,高等教育在当今属于国家事务,因为国家政策不断加强和改变着高等教育的主要功能和组织结构。高等教育的大量研究经费应用于国家级项目,课程设置也主要服务于本国劳动力市场。此外,管理人员、学者和学生对本国高等教育的情况非常适应,他们很难意识到在某种程度上他们只是国家级"选手"而非全球化"选手"。

要看高等院校是如何逐渐跨越国界的,仅仅分析欧盟在其中的作用只能是以管窥豹。一些评论家甚至指出:欧洲一体化并不是小范围、地区化的国际化,而是与国际化抗衡的区域化。欧洲相邻各国通过建立合作来抵抗来自世界其他地区的各种压力(参看 Blumenthal 等人的辩论 1996)。事实上,很多欧盟官员就秉持这种观点,而且他们在描述欧洲与美国、日本的竞争时经常使用,这一观点因而被不断强化,同时欧盟委员会不断提倡在高等教育中加强"欧洲化"的举动,也强调了欧洲一体化的区域性质。

尽管有上述结论,许多专家似乎还是认同这样的观点,即欧盟已成为国际化进程的重要推动力。然而颇具讽刺意味的是,欧盟委员会通过不断努力拓展其高等教育行动领域的同时,欧洲各国政府却试图将欧盟委员会阻拦在高等教育的核心问题之外(见 Schink 1993),两者之间的矛盾最终促使欧洲制定出一项加强全民国际化的政策。而促进学生流动则成为加快高等教育国际化的重要方式之一。

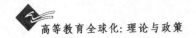

本章首先将简短地介绍欧盟参与高等教育活动的历史,然后将分析伊拉斯谟计划和其后的苏格拉底计划的目标。实际上,这两个计划的活动规模已经超出了支持学生留学的狭小范围,它们为整个高等院校的国际化做出了重大贡献。

欧盟高等教育政策演变

欧盟的前身(欧洲共同体)在成立时被寄予了一系列期望。人们希望它能调和被"二战"蹂躏的欧洲各国之间的矛盾。在1950年签订的三项合约解释了经济复苏合作的具体内容。在合约中,六个创始国(法国、德意志联邦共和国、意大利、荷兰、比利时和卢森堡)针对钢铁、原子能和经济问题提出了合作计划。最初的活动主要是建立海关联盟,以消减限额以及扫除其他不利于货物、资金、服务和人员在成员国之间自由流动的障碍。在这些合作中,教育政策并没有被客观地看做一个独立的领域。在最早的欧盟委员会条约中,教育政策的重点被放在职业训练和学术资格的互认上,目的是为了促进劳动力在欧洲市场的流动(参看Neave 1984;Opper and Teichler 1989)。

到20世纪70年代早期,欧盟委员会对欧洲联盟的活动不再单纯围绕经济发展目标开展,而更多、更深远地考虑到了如何提高成员国公民的总体生活质量。因此,官方认可了职业培训并制定了学术认可标准,这些成为欧盟介入教育国际合作领域的手段。最终,1976年,在高等教育领域中开展了一项旨在促进"合作"与"流动性"的欧洲青年交流计划①(joint study programmes,

---

① 也有人译为"联合学习计划"。其目的是为欧共体各成员国大学师生跨国学习与交流以及为开发校际合作课程提供资助等。——译者注

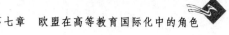

JSPs)(参看 Smith 1979)。

　　欧洲各国制定了高校合作与鼓励留学等方面的政策,这种选择对于促进高等教育国际化来说未必是最典型的例子,其他比较重要的政策也在讨论并力争实现,比如,通过欧洲高校课程一定程度的标准化,促进专业的相互承认。然而,一开始这种努力并未获得成功,因为欧洲各国对此的看法大相径庭,大多数政府反对高等教育体系协同化。欧洲各国于是达成了如下共识:在尊重各国高教系统多样性的前提下,共同推动欧洲教育领域的各项活动。

　　青年交流计划的目标是为了推动伙伴院系之间短期的交流学习、教员互换以及合作项目的整体或部分发展。在实际操作中,互派留学生成为最主要的活动。考察近 10 年的实践摸索,我们可以得出这样的结论:大部分交流计划有力地促进了院校间的密切合作,争取到了来自政府和学院的更多的支持,也推动了大范围的课程整合(参看 Dalichow and Teichler 1986;Baron and Smith 1987)。人们认为,如果欧盟对高等教育的经济支持能持续更长一些时间,如果欧盟委员会不只将支持重心放在高等院校上,而且还把重心放在建立有辅助作用的奖学金制度上,以支付留学生在欧洲国家学习的额外费用,那么青年交流计划将会取得更大的成功。1987 年,伊拉斯谟计划开始实行。这个计划包含了多种合作方式,主要是为了促进留学活动的开展。在不到 10 年的时间里,该计划就发展到每年有 100,000 名流动学生的规模。人们普遍认为,在欧盟委员会推行的十多个教育计划中,这个计划是最成功的(参看 European Commission 1994 中的综述)。

　　开展学生交流并不是欧洲高等教育政策最理想的选择,因为学生流动会形成一种垂直关系。即,学生们从高等教育质量极低的穷国流向高等教育质量良好的富国,而发达国家的学生则试图到声名显赫的大学深造。因此,学生流动是单向度的而不是双向的(参看 Baumgratz-Gangl 1996：105)。与此形成鲜明对照的是，欧共体中的学生流动原则上是互补和平等的，尽管不是所有的交流都能达到这个目的。

毫无疑问，伊拉斯谟计划是欧共体高等教育发展计划中的核心项目。除此之外，还有许多与高等教育有关的其他计划。譬如，科麦特(COMETT)计划①，创建于 1986 年，旨在推动教育和工业企业间的交流与合作；语言培训(LINGUA)计划始于 1989 年，其职责是促进语言教学和语言学习；"让·莫内行动"(The Action Jean Monnet)计划批准建立欧洲教员职位制；田普斯(TEMPUS)计划②支持欧洲中部和东部高校进行合作等。

1993 年开始实行的《马斯特里赫特条约》(the Treaty of Maastricht)规定，教育是欧共体(the European Community，之后更名为欧盟)的一项常规任务："欧共体应推动成员国之间的合作来促进高质量教育的发展，如有必要，可直接支持或帮助各国推进教育合作。"(126.1 条款)"在教育领域中推行欧洲维度"成为新目标。但是，这项活动应当有明确的界限，并"完全尊重成员国在教育内容、教育制度上的选择权，尊重其语言和文化的多样性"；"禁止成员国法律法规的一致化"；欧共体举办活动有一个前提条件，即只有在成员国无法单独完成时活动才能进行。

20 世纪 90 年代中期，欧盟重组并扩展了教育计划。苏格拉底计划成为综合性的教育项目，伊拉斯谟计划基本上被保留下来并成为最大的分支项目。但在支持高等院校走向国际化这一问题上仍存在变数，这些问题将在以后讨论。莱昂纳多计划(LEO-

---

① 科麦特计划是"欧共体技术教育培训计划"的简称。其目的是推进大学与工业企业间在科技开发方面的合作，扩大高科技专业人才的培养规模，提高学生专业实习效果，推进产学研合作进程，增进技术转移的实效。——译者注

② 该计划主要面向中、东欧和中亚地区的经济体制和政治体制转型国家。目的在于促进这些地区国家高等教育改革发展，适应市场经济需要。实施方式主要有两种：提供个人资助金和开展联合项目。——译者注

NARDO)与工业界相联系,成为职业教育发展的核心项目。与此同时,科麦特计划的各方面也在继续进行。基于这些变化,欧盟的教育预算有所增加,但始终比欧盟总预算低1%。

课程设置的"去国家化"

从框架上看,伊拉斯谟计划总体上对学生流动给予支持,这无疑为课程改革提供了一个新的思路,因为该计划除了能提供各种形式的行政和学术支持外,还能对专业的全部或者部分发展给以支持。人们甚至可以认为,支持学生流动本身并不是目的,通过它进行课程改革才是真正的目的。根据这个观点,之所以利用学生流动这一手段,主要是因为这是引发课程根本性变革的唯一合法方式,而且不会明显表露出对高等教育体系多样性的漠然置之,或者表现出对各国政府建立本国教育体系努力的不尊重。如果欧洲和国际合作的前进步伐因为国家力量的阻碍而被迫停滞下来,那么,院系之间的网络关系将成为课程合作的一种必然选择,这必然削弱国家力量(就是说在国家层面上,进行政府、专业组织和院校之间的合作)在课程协作中的作用。一段时期后,密集的跨国课程协作网络可能将打破课程的国家化形式,欧洲的课程"版图"将不再由国家组成,而由大量的"合作板块"代替。

然而上述观点无法得到明确的证实,因为欧盟委员会不能公开执行这样的政策。但是,学生留学显然是以大量直接或间接的课程设置为基础的;许多院系首先参加了青年交流计划而后加入了伊拉斯谟计划。现列举如下例子。

欧盟委员会和一些特立独行的国家(如德意志联邦共和国、瑞典)支持集体性学生流动之初,借鉴了美国在"二战"之后建立的留学生交流计划中的很多经验。但是两者之间存在明显差别：在美国，集体性学生流动是通过高等院校相互间的自由合作，由国际教育中心办公室来组织推动的；而在欧洲，学生的集体性流动是由合作院系负责组织安排的。很明显，欧洲这样做是为了强调留学中的学术性，促进机构间的课程合作，推动教学与学习方式的交流合作。1980年的一项调查显示，美国大学负责交换留学生项目的人员比欧洲这一项目的负责人更看重出国学习的文化价值。实际上，在留学中，不论是美国的合作者，还是美国学生都比欧洲合作者和欧洲学生更多受到文化上的影响。相反，欧洲国家交换留学生计划的负责人（包括参与青年交流计划的负责人）则更看重留学的学术价值。同时，欧洲合作者和欧洲学生比美国合作者和美国学生在留学中受到的学术影响更大（Teichler and Steube 1991）。

青年交流计划为留学生提供的支持并不多。该计划中32%的项目与学生交换计划完全无关，近一半的项目致力于教员交换和教材编撰（见 Commission of the European Communities 1985：13）。许多参与合作的成员认为，有伙伴关系的院系在课程上合作密切，但在很多情况下，通过这些合作关系我们只能明确哪些课程最适合学生到海外就读；而在其他很多情况下，合作双方会共同对课程进行修订。迄今为止，这方面的合作进展顺利，在13%的合作项目中，完成相应学习的学生被授予一个联合学位（由合作方和生源校共同授予），在19%的合作项目中，联合学位还会授予那些完成相应要求或参加额外考试的学生（Dalichow and Teichler 1986：75）。

随着伊拉斯谟计划的实施，欧盟委员会开始推进大规模的合作以支持留学，这使得强调课程统一性的合作成员的比例有可能减少，因为申请伊拉斯谟计划支持的合作者并不一定要设置统一的课程。然而，合作方必须确保学生留学期间所取得的成绩,在回国后可以得到认可;欧盟委员会通过其报告明确了留学生的选拔标准,留学预备课程,为未来参加伊拉斯谟计划的学生提供的学术和管理上的支持,以及课程整合的"行为规范"。从 1991 年到 1992 年,在参加伊拉斯谟计划的机构中,有 8% 的院系称,他们向学生颁发了联合学位,有 10% 的院系称,他们向圆满完成学业的学生授予了联合证书(Teichler and Maiworm 1997:81)。

很多参与伊拉斯谟计划的机构称,学生已经成为教育"变革的推动者"。学生常常会发现,在课程、教学和学习模式、考试、管理程序以及社会环境和组织文化上,本国和东道主国家的高校有明显的差异。在对 1988 年—1989 年和 20 世纪 90 年代初期参与伊拉斯谟计划的学生的调查中,通过综合学生对各国教育的反应表明:欧洲学生赞赏丹麦、德国和荷兰的学术质量,也喜欢英国和爱尔兰以学生为中心的互动式教学方式,然而令他们印象最深的是西班牙和葡萄牙的传统和习俗(参看 Maiworm et al.1991)。但更为重要的是,这些学生回国后会将他们在他国的学习经历告诉别人,而以后的学生会让东道主国家知道他们期望的生活和学习条件。欧洲内部学生交流反馈过来的信息不仅拓展了人们的视野,自然也会促进人们为教育的进步做出努力。

课程的欧洲化或国际化

根据欧盟官方公布的文件,支持高等教育合作和学生流动的根本目的显然是为了提升"欧洲意识",促进合作。他们完全没有提到高等教育国际化问题,因此,就出现了这样一个问题:促进欧洲各国合作,鼓励学生流动是加速了还是阻碍了高等院校的

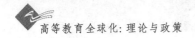

国际化进程。

我们注意到，在过去最活跃的学生交换网络中，以欧洲为中心的网络关注的是有关欧盟委员会法律和政策方面知识的学习，或是为了更大程度地发扬关于欧洲国家及其相互关系方面的知识，比如："欧洲商业"。然而更进一步观察发现，极少冠以"欧洲"名称的学习项目是仅局限于欧共体内部的。达森尼（Dathony 1995）提供的证据表明，德国高等教育中仅有35％的学习项目从严格意义上来说是关于欧盟组织和欧盟成员国的。与此相反，几乎所有大学中有关欧洲商业研究、地区性研究和外国语学习等项目的范围都更加广泛，囊括了所有欧洲文化（或者是各项由罗马语形成的文化，至少包含拉丁美洲和非洲说法语国家的文化）。

与强调欧洲维度相比，参与伊拉斯谟计划的大多数院系更重视国际维度。他们欢迎来自欧洲的支持，同时也欢迎更多邻国学生来学习。但是，不论在理论还是实践上，他们都不希望只关注欧洲问题。有两个数字可以说明只考虑欧洲维度在实践中是行不通的。受伊拉斯谟计划支持的院校（所谓的大学之间的合作项目）中，三分之一的院系每年只送出1至2名学生，另有三分之一院校也只派出了3到5名学生（Teichler and Maiworm 1997：25）。即使考虑到某些院系不只参与一个高校合作项目，院系间的大规模学生流动也并不十分频繁。

另一方面，参与1994年伊拉斯谟计划的高校称，该计划交换的学生数量在其外国留学生中平均只占11％（Maiworm *et al*. 1996：53）。由此我们可以得知，在管理上和学术上向学生强调纯欧洲化，很可能会导致更多难以解决的问题。

从理论角度来看，与参与伊拉斯谟计划的高校之间交流机会不多，显然证明了这样一个事实：不同国家的学者认为自己的工作是国际化或世界性的，而不仅仅是欧洲或地区性的。同时，"欧洲化到底意味着什么"这也是一直摆在我们面前的问题。与学者的情形类似，大多数学生都喜欢到另一个欧洲国家学习，主要也因为在那里他们可以获得不同于在本国的感受，似乎极少有人为了探究与本国情形相同的问题而出国学习。如果说欧洲在学生选择留学去处时起到了作用的话，那就是学生在欧洲各国学习遇到的差异更小。比起去欧洲以外的国家留学，在欧洲留学的费用更低、更安全，但不会体验到太多的异国情调。

初步的结论

毫无疑问，伊拉斯谟计划总体上是成功的。当然，也存在很多问题，比如：

- 该计划最初的目标是资助 10% 的欧洲学生到国外学习（即平均每年有 2.5% 的学生参与这项学习计划，大概进行四年），但是，由于欧盟成员国不愿增加相应的教育预算，此项目标未能完成。
- 每年都有越来越多的学生抱怨奖学金难以支付额外的留学费用。
- 参与该计划的院系和机构抱怨办理留学的程序太繁琐。学生往往在离开本国前不久才知道有关奖励的决定，他们对此感到不满，而且大多数学生是在出国学习一段时间之后才得到资助。
- 值得注意的是，最初报名申请的学生中只有一半能真正到国外学习（Teichler and Maiworm 1997：30）。当然，有些院校和机构可能会故意夸大申报留学的人数，他们希望这些浮夸的数字可以带来大量的援助。但是这一数字表明，实际能去国外留学的学生数量远远低于这些院

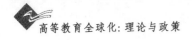
校的期望。

● 学生回国后，本国院校对他们在国外的学习成绩的认可度
也低于学生的期望。参加过伊拉斯谟计划的学生认为，由
于留学生涯将他们的学习年限增加了 40％，从而延长了
他们学习的总时间。

上述种种问题的确存在，然而更值得注意的是：伊拉斯谟计
划总体上是成功的。在各项评估研究的基础上，我们可以总结
说：尽管只有少数的 10％ 的学生能够留学，伊拉斯谟计划本身就
是一个突破，它提高了大多数高等院校教学的国际化水平。该计
划的主要作用不是为 100,000 个学生提供了留学机会，而是用相
对较少的资金和常规的方式，使数以百万的学生改变了学习的内
容和方式。就欧洲的情形而言，欧盟委员会在推动高等教育国际
化方面扮演着重要的角色。与欧盟委员会相比，欧洲在推动高等
教育国际化方面只不过扮演了一个主要的配角而已。欧盟委员
会对欧洲高等教育国际化的主要贡献在于，它成功地挑战了课程
协调过程中的国家力量。伊拉斯谟计划打破了课程设置的国家
化局限，为欧洲学生提供了在另一个国家体验学术文化差异的机
会，在这些方面，该计划中的欧洲化与国际化进程是同步的。

向既定的欧洲化或国际化战略迈进

自 1996 年以来，欧洲的高等院校开始以苏格拉底计划为框
架，在新规则下申请参与伊拉斯谟计划。一方面，他们支持的范
围发生了变化：为了促进教师的流动，为了使没有出国的学生享
受伊拉斯谟计划带来的好处，同时也是为了推动课程、教学与学
习等方面的改革，在这些方面投入资金的比例较以前提高了很
多。另一方面，在苏格拉底计划框架内对伊拉斯谟计划进行的变

动主要体现在管理上。若要获得 1997—1998 学年伊拉斯谟计划的支持,各高等院校必须符合下列要求:

- 各院校需提交一份申请,包含该院校参与的所有交流活动与合作项目,这取代了以前由院校合作网络提交申请的模式。
- 高等院校必须提供与其他高校签订的双边合作协议,保证申请书中合作项目的可靠性。
- 所有递交申请的院校必须提交一份欧洲政策陈述报告(European policy statement,EPS)。这份报告应当陈述现实和预想中他们活动的整体理念。而苏格拉底计划也应在此原则之下进行。

总的来说,上述管理上的变革并不仅仅意味着程序上的简单变化,而是一次跨越式的变革。苏格拉底计划对高等院校提出了诸多挑战:

- 要明确反映并更加强调目标的一致性和将要开展的欧洲活动的一致性。
- 要加强高等院校核心管理层有关欧洲活动的职责,特别是在做出主要决策、提供支持框架和确保欧洲活动进行的基本条件方面。
- 要树立明确目标并取得成功,加强战略化思维。

在苏格拉底计划的框架下,对伊拉斯谟计划进行的这次改革起初遇到了大量的批评和质疑。一方面,人们担心如果教师、学者失去了支配权,失去了可以直接取得的援助,丧失了通过面对面拜访合作伙伴并与他们合作推动国际化进程的机会,他们将对学生留学计划和相关的课程改革失去兴趣。另一方面,人们怀疑在伊拉斯谟计划中,学生流动与高校合作的范围和质量是否主要取决于高等院校采用何种战略方式。

最近，欧洲大学协会（the Association of European Universities）与卡塞尔大学高等教育与工作研究中心共同做了一项评估研究（尚未发表）。这项研究表明，在 1997 年，高校第一次按新的要求提出申请，并获得第一批资助时，人们最初在某些方面是持怀疑态度的，但是后来，这种反应开始有所改变。

这项研究说明，首先，相当多申请苏格拉底计划的高等院校最终意识到了提交欧洲政策陈述报告的必要性。因为这将帮助他们回顾过去并考虑将来有关国际化进程的政策措施，以及苏格拉底计划的支持在其中的作用。同时，许多高等院校都重新确立了自己的职责并使之正规化，这样，可以做到国际活动方面的决策与学校整体政策和活动原则相协调。

第二，大多数高校赞成在有大量额外资源可以利用的条件下，可以通过扩展伊拉斯谟计划来促进教师流动和课程改革，但决不能以降低留学生的教育质量为代价。他们认为，有必要保留先前的网络方式，即在学者间开展密切合作，以便推进和加强课程整合与协作。这些合作可能会提高留学生教育质量，提升人们对留学生学习成绩的认可。

第三，大多数高等院校只想占有最大数量的留学生，而并没有将学生流动作为重点领域，他们的侧重点似乎大多放在课程改革和教师流动上，目的是为了更有利于非流动学生的学习。

第四，如果欧盟委员会想对高等院校的发展方向施加重要影响，它必须继续致力于战略思维的开发，并使之付诸实践，这也是此项研究中的众多被访者所期望看到的。在制定资助经费政策的过程中，要把欧洲政策陈述报告作为关键要素而不仅仅是当作先决条件，使之成为资助经费是否发放的决定性因素。只有这样，欧盟委员会才能推动欧洲高等院校制定欧洲化的战略政策。同时，如果欧盟委员会除了支持事先明确列出的活动之外，还为高等院校在欧洲化、国际化方面开展的积极变革留出了更大、更

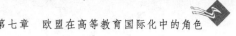

开放的空间,就可以进一步促进战略思维和行动的发展。

在这种情况下,有一个问题值得我们关注:这些战略是为了促使高等院校制定一系列目标,开展一系列活动,向"不同于国际化的欧洲化"的目标迈进,还是使高等院校朝着"与国际化大体一致的欧洲化"方向发展?要寻求这一问题的答案,我们应该来看看欧洲政策陈述报告中的用词。实际上,按照陈述报告的说法,"欧洲"目标决定"国际"目标。然而更进一步观察会发现,大多数情况下,当提到欧洲时,在人们表达的意思中,"欧洲的"与"国际的"是密切联系的。除了少数情况之外,"欧洲政策"要么被认为是"国际政策"的一部分,要么至少与国际政策不相冲突。

实际上,我们还不能过早断言,在欧洲大陆与国际上开展的教育活动中,苏格拉底计划能否使高校的战略行为发生实质性改变。值得注意的是:这项研究只是对苏格拉底计划第一年支持的活动进行的评估。另外,很多高等院校倾向于这样的看法,由于过去实际资助的经费往往不够,因此,在制订欧洲政策陈述报告的过程中,应该对新活动投入更多的资金,否则,这些高校会对此感到失望,也可能打击他们对未来进行战略思考的积极性。至于苏格拉底计划实际支持的活动是否会受到高校战略的影响,还有待于我们日后做出结论。

有趣的是,在这种情形下,很多高等院校希望有更多国家参与到苏格拉底计划所支持的活动中。在此背景下,苏格拉底计划更多地关注了中欧和东欧的国家,其中一些国家不久将要加入该计划。对于为什么需要延伸合作范围,高等院校给出了自己的解释。多数解释认为,高等院校期望有更多的国家参与学生交换、教师互换活动、机构合作和课程改革,而不愿意一味注重"泛欧洲化"。总之,最近的调查又一次证明:欧洲的高等教育计划成功地推动了高等院校国际化的持续性发展。但是在新千年伊始,如果在制定苏格拉底未来活动计划时,欧盟成员国只从更狭义的意

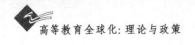

义上理解"欧洲化"，那么目前的大好形势将受到威胁。

参 考 文 献

Baron, B. and Smith, A. (eds)(1987) *Higher Education in the European Community: Study Abroad in the European Community*. Luxembourg, Office for Official Publications of the European Communities.

Baumgratz-Gangl, G. (1996) Development in the internationalisation of higher education in Europe, in P. Blumenthal, C. Goodwin, A. Smith and U. Teichler (eds) *Academic Mobility in a Changing World*, pp. 103—128. London and Bristol, PA, Jessica Kingsley.

Blumenthal, P., Goodwin, C., Smith, A. and Teichler, U. (eds)(1996) *Academic Mobility in a Changing World*. London and Bristol, PA, Jessica Kingsley.

Briggs, A. and Burn, B. B. (1985) *Study Abroad: A European and an American Perspective*. Paris, European Institute of Education and Social Policy.

Commission of the European Communities (1985) *Conference on Higher Education Co-operation in the European Community*, Brussels 27—29 Novemeber 1985: *Conference Document*. Brussels, Office for Co-operation in Higher Education.

Dalichow, F. and Teichler, U. (1986) *Higher Education in the European Community: Recognition of Study Abroad in the European Community*. Luxembourg, Office for Official Publications of the European Communities.

Dathony, M-J. (1995) *Europäische Studiengänge in der Bundesrepublik Deutschland: Ein Modell der Europäisierung der Hochschulbidung*. Dissertation, Universität Bremen.

European Commission (1994) *Co-operation in Education in the European Union 1976—1994* ('Education, Training, Youth, Studies' no. 5). Luxembourg, Office for Official Publications of the European Communities.

Maiworm, F., Steube, W. and Teichler U. (1991) *Learning in Europe: The ERASMUS Experience*. London and Bristol, PA. Jessica, Kingsley.

Mainworm, F., Sosa, W. and Teichler, U. (1996) *The Context of ERASMUS: A Survey of Institutional Management and Infrastructure in Support of Mobil-*

ity and Co-operation. Kassel, Wissenschaftliches Zentrum für Berufs-und Hochschulforschung der Universität Gesamthochschule Kassel.

Neave, G. (1984) *The EEC and Education*. Stoke-on-Trent, Trentham Books.

Opper, S. and Teichler, U. (1989) European Community (EC): educational programmes, in T. Husén and T. N. Postlethwaite(eds) *The International Encyclopedia of Education*, *Supplementary Volume One*, pp. 342—347. Oxford, Pergamon.

Schink, G. (1993) *Kompetenzerweiterung im Handlungssystem der Eurpäischen Gemeinschaft: Eigendynamik und 'Policy Entrepreneurs'. Eine Analyse am Beispiel von Bildung und Ausbildung*. Baden-Baden, Nomos.

Smith, A. (1979) *Joint Programmes of Study: An Instrument of European Co-operation in Higher Education*. Luxembourg, Office for Official Publications of the European Communities.

Teichler, U. and Maiworm, F. (1997) *The ERASMUS Experience: Major Findings of the ERASMUS Evaluation Project*. Luxembourg, Office for Official Publications of the European Communities.

Teichler, U. and Steube, W. (1991) The logics of study abroad programmes and their impacts. *Higher Education*, 21(3): 325—349.

第八章

全球化及其对高等教育带来的挑战

迈克尔·吉本斯

■ 维也纳大学 (王涛 摄)

对于未来世界,我们持有谨慎乐观的态度。其理由可以归结为:"一系列新兴的强大力量正在改变着 21 世纪人类社会的方方面面,这些力量包括:经济活动的全球化;成为人类开展基本活动必要条件的知识;日益民主化的政治制度。"(UNESCO 1997:7)总体来说,教育,尤其是高等教育,为当今的社会发展奠定了重要基础。高等教育也将会在全球化及全球化理念的传播中发挥显著作用。但是,全球化是否将成为未来一系列全球性问题的起源?是否会带来更合理的生产和消费?是否会成为全球资金、商品、娱乐和信息自由流动的主要特征呢?

我们认为,无论"全球化"概念有什么样的具体特征,它都是一种新型的"地理政治",在这个意义上讲,进入并控制各类市场、创造并使用知识以及发展新科技和人力资源,这些都比对领土的控制更为重要。同样,全球化不仅仅与各种复杂的社会进程(也不仅仅是经济进程)相联系,而且自身已经形成了一个极具权威的框架,每个人都可以从中窥视到自己的未来。本章将主要从全球化的角度探讨高等教育最近的发展,同时还将探讨高等教育如何适应不可逆转但依然不十分明朗的国际化前景。

数量的变化

学生的数量日益增多,这是世界各国积极发展高等教育事业的结果。无论是现代化社会还是正处于现代化进程中的社会,工业发达社会还是发展中社会,都有着越来越强烈的高等教育需求。这主要是因为:现代经济的发展越来越依赖于知识技术与信息处理能力,因而需要越来越多的经过专门培训的公民。虽然培养公民不是高校的专利,但只有高等院校才能大规模地培养各种类型的公民。

全世界接受高等教育的学生数量从 1980 年的 51,000,000

人增加到了 1995 年的 82,000,000,增幅达到 61%。在大多数工业化程度高度发达的国家中,18 岁至 23 岁这一接受高等教育的适龄群体中,有 50% 左右的人在各类高等院校中学习。世界银行的数据表明,学生接受高等教育的水平与国家经济发展的水平有着明显的联系:一般来说,经济合作与发展组织国家中,学生接受高等教育的比例为 51%,中等收入国家的比例为 21%,而低收入国家只有 6%(World Bank 1994)。从世界范围看,学生接受高等教育的比例从 1980 年的 12.2% 增长到 1995 年的 16.2%。

从精英高等教育转变为大众化高等教育的速度同样值得关注。例如,1995 年法国接受高等教育的学生人数不到 150,000 人,而如今这个数字高达 216,900 人,占 18～23 岁这一群体总人数的 46%。在德国,接受高等教育的学生人数从 1977 年至今增长了 80%。目前,在经济合作与发展组织的大多数国家中,学生人数已经超过了像农民这一令人羡慕的职业或社会群体①的人数。所有这一切都标志着高等教育系统已经发生了重大变革,在这一变革中,人口变化在其中起着重要的作用。

这一趋势也绝不局限于工业高度发达的国家。例如,在过去的 25 年间,沙特阿拉伯接受高等教育的学生人数增长超过了 21 倍。许多快速发展中的国家,尤其是东南亚国家,也在计划增加学生接受高等教育的比例,使之接近高度发达国家的水平。在学生接受高等教育的比例仍低于 30% 的多数中东欧国家中,也出现了同样明显增长的趋势。

目前,大约有 20 个国家接受高等教育的学生人数超过了一百万。在这 20 个国家中,至少有一半是发展中国家。而且这一成就大都是在最近十年中取得的。高等教育的发展速度与这些

---

① 在西方发达国家中,农民所占的比例非常低,但它们有专业性的农民组织,常常能影响政府的决策,在国家政治、经济、社会生活中起着非常重要的作用。这也许是作者为什么将其称为"令人羡慕"的职业或社会群体的原因。——译者注

国家的城市化发展速度之间有着惊人的相似之处。

然而,在论及高等教育的发展趋势时,我们需要注意,接受高等教育的机会在不同国家和地区分布仍不平衡。尽管撒哈拉以南非洲地区在此方面取得了一定的进展,但那里的年轻人接受高等教育的机会只有工业发达国家(即"北方"国家)里的年轻人的1/17。总体上看,发展中国家的年轻人接受高等教育的机会只有发达国家的年轻人的1/4。("东西"对抗时代①的结束,带来了区域格局的变化。世界呈现两极格局,那些属于不结盟运动的国家与发展中国家联合起来把自己定位为"南方"国家,而世界上的其他国家,尤其是那些欧洲和北美的国家被定位为"北方"国家。贸易集团的升级强化了这一观点。)

总的说来,高等教育扩张的政策与其说是不合常理,不如说是规律使然。这一政策将论点建立在对劳动力市场发展进行预测的基础上。据估计,在今后十年中,发达国家40%的工作都需要劳动者接受过16年的教育和培训。对于发展中国家来说,情况也很相似,因为经济的进一步国际化和科技的进一步发展,被看做是21世纪的特点之一。从这一方面来看,让越来越多的人掌握科学技术和信息势在必行。

早在20世纪70年代晚期,国际教育发展理事会(the International Council for Educational Development,ICED)资深主席、康奈尔大学前校长詹姆斯・珀金斯在分析高等教育数量发展原因时明确指出:"任何社会要想实现生存和发展,就必须向适龄群体中的少部分人敞开高等教育的大门。不同的人对这个比例有着不同的观点,然而12%~18%的高等教育入学比例是个合理的数字。"他还严厉警告说:"任何社会,如果其接受高等教育的人数

① 东、西方原本是地理概念,相应也具有文化和社会意义的特征。"二战"结束后,以美苏争霸为特征的冷战兴起,形成资本主义与社会主义两大阵营在政治、经济、军事上的全面对立,赋予东西关系以意识形态的含义。——译者注

还不到适龄群体的 12％，它就不可能在未来世界中立足。"（Perkins 1977：134）珀金斯的这番话表明，那些忽视高等教育作用的国家，必须对教育投资的优先权和效率给予足够的关注。

信息技术的变化

在讨论本章的话题时，我们很难忽略新兴信息和通讯技术的作用。正是它们带来了实际意义上的全球化，而且这一变化并不仅仅局限于高等教育领域。在高速度、多方位推动全球化前进方面作出最大贡献的，可能是互联网。它的形成与学术界有着直接的关系，是研究者追求高速度、低成本沟通的结果。最近几年来，它已经发展成一个强大的经济文化工具。与新的信息和电信技术带来的其他奇迹结合在一起，互联网在学习、科研以及为人们在当地、全国乃至全世界范围的交流都带来了深刻的变化。

为推进新的教育技术以及高等教育中政治文化的开放性，"没有围墙的大学"这个术语在 20 世纪 70 年代经常被提及。如今，网络大学的出现标志着这些高科技的实用价值已经实现。提供网络学位的网络大学数目在持续增长。据估计，仅在美国就有大约 300 所大学提供这种高等教育，有超过 1,000,000 的学生进入了网络课堂。可以推测，到 20 世纪末参加网络课堂的学生将会增加两倍多。越来越多的迹象表明，远程学习方式能够与传统学习方式相互融合并互相补充。远程学习方式不仅提供了另外一种获取学位的方法，而且可以有效实现课程的再培训及更新，却不用中断工作或者费时费力地去学校上课。为了能够充分利用这一强大的信息工具，高等院校不仅要充分发挥设备的作用，还要不断提高驾驭信息的能力。

然而,我们不用担心传统的大学教学及科研工作会随之消失。可以预见,通过网络,教师和科研人员可以相互交往,也可以与学生互相交流。无论在学术上或是在社会关系方面,他们都是智力和专业发展中不可或缺的组成部分。毫无疑问,网络教育已经成为主流高等教育外的一个分支。一些人还认为,它也会给传统高等教育带来迫切需要的竞争环境。同时,网络教育可以为满足人们对高等教育的需求提供一种选择,这在发展中国家情况尤其如此。正如开放大学副校长约翰·丹尼尔所说:"在发展中国家,仅仅为了保持学生的入学率,每周都必须新开办一所规模较大的大学,以满足不断增长的年轻人口的需求。"(Daniel 1996:14)显然,在发展中国家几乎拿不出足够资金来维持现有高等教育水平的情况下,新科技就成了合情合理的选择。现在的问题是,这些国家可以在多大程度上依靠当地的知识生产能力,开发出适当的教育软件来满足本国的需求。还需指出的一点是,现在全球化的信息传播并不面向所有人,尤其是当学术领域内的学术认可和非营利性的知识流通被营利性的学术活动所取代的时候。

国际性与全球性大学合作

　　可以毫不夸张地说,一所普通大学所蕴含的国际性成分要比一个全球运行的跨国公司还要多。这是由高等教育和学术工作的特性决定的。这一特性要求不仅在当地或本国而且要在全球范围内寻找相关性并加以证明。大学的悠久历史表明,知识分子的自足和狭隘导致了高等教育及其机构的衰败。要知道,许多人是抱着了解"他人"、理解"他人"的愿望才走进了大学校门。越来越多的高等院校把国际化明确地写入了自己的使命。

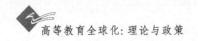
国际化形式众多，我们很难对其进行评估，尤其是对超越机构层面之上的国际化，评估就更难。与之相比，对留学生的流动进行评估则较易把握。

联合国教科文组织最近的调查表明，1995 年有超过 1,500,000 名学生在全球 50 个主要国家接受高等教育。有超过 800,000 名学生从欠发达地区到国外高校进行高层次的学习。其中超过 150,000 名学生来自中东欧的原社会主义国家和苏联。大约 440,000 学生从发达地区到国外接受高等教育。

在高等教育国际化方面，学生流动取得了长足进步，但学生的跨国流动在世界各地是不平衡的。在过去的几年中，有超过占总数四分之三的留学生仅在下列十个留学生主要接收国学习：美国（占世界留学生总人数的 30％多），法国（超过 11％），德国（约 10％），英国（约 9％），独联体国家（约 5％），日本（3.5％），澳大利亚（约 3％），加拿大（低于 2.5％），比利时（低于 2.5％），瑞士（约 2％），以及奥地利和意大利。奥地利和意大利两国的留学生人数与比利时的留学生人数相当，约有 25,000 人。除一国外，上述其余国家都是经济合作与发展组织的成员，这又一次证明：经济实力与教育、科学的实力之间有着直接的联系。

一些国家采取了增加外国留学生数量的政策，例如德国、英国、日本和澳大利亚，都报告说其留学生人数增长了 10％还多。需要特别指出的是，中国的留学生人数增长速度最快，达到 27％，由 1985 年的 3,250 人增长到 1995 年的 22,617 人。

然而在撒哈拉以南非洲国家，学生流动的发展一直不平衡，这一点不容乐观。除了南非以外，这一地区没有一个国家跻身于 50 个主要留学生接收国之列。当把留学生人数和全国大学生入学人数进行比较时发现，又只有一个国家——喀麦隆——在 50 个留学生主要输出国之列。有人可能会说，如果一个国家的高等教育体系能够充分满足学生的要求，那他们就没必要派学生出国了。这样的结论当然让人欣慰。但是另一种更为可能的情形是：这个国家贫穷，没有经济能力把国民送到国外学习，造成的结果是，这些国家深入了解他国文化、技术、语言、商业技巧或者建立人际关系的整体实力遭到削弱。长期以来，留学生都被看做是对学术和文化多样化的补充，现在又成为全球经济竞争力的一部分。正因为如此，欧盟委员会实施了一些计划周密、资金相对充足的学生流动项目，例如，伊拉斯谟计划和苏格拉底计划，使欧共体成员国中约 500,000 名学生有机会在其他成员国经历一段有意义的学习时间。其他组织和缔约国如北美自由贸易区、东南亚国家联盟、亚太经贸合作组织和南美共同市场（MERCORSUR）等也鼓励学生在成员国内部流动。尽管全球化有了进一步发展，我们却面临着从多边合作转向更易操作的双边合作的危险。这迟早会导致国际社会很大一部分成员被排斥在全球经济、国际科学和文化交流之外。

人们越来越坚信，要使将来的毕业生能够更好地满足未来社会日益国际化和专业化的生活需求，一个重要途径就是给他们提供越来越多的出国学习和生活的机会。尽管出国学习带来的个人收益、教育收益以及社会收益还很难衡量，但是人们通常认为它可以带来如下好处：

- 获取新的知识和能力；
- 提高外语水平；
- 熟悉新的教学方法、新的科学设备和实验机构；
- 增加购买新的图书和软件的机会；
- 建立新的人际关系和专业网络；
- 熟悉另外一个国家，包括其中的机构及其职能；
- 促进个人发展并建立自信。

在一些被认为属于本国事务的领域，例如质量评估和鉴定，也逐步开始提高其国际化水平。以 21 世纪大学联盟（Universitas 21①）为例，这一计划首先由墨尔本大学发起，它联合了一大批世界上（澳大利亚、加拿大、新西兰、新加坡、英国和美国等）相似性质的公立大学，相互评价并共同面对外界的检验。这一行为将会被其他类型的国际组织所效仿（Times Higher Education Supplement 1998：9）。

结　　论

历史表明，社会和经济的发展几乎不可能是一个因素——不管该因素有多么强大——或者是一个包罗万象的概念引发的结果，"全球化"也仅仅是其中的一个因素，其他一些因素也同样重要，也同样复杂。联合国教科文组织的《高等教育变革和发展政策》（1995）指出，除全球化外，还有其他一些因素直接或者间接影响着高等教育的未来发展：

- 民主化。它导致了很多极权政体的解体、民主力量的稳步前进、公民社会的发展，以及在维护人权方面的进步。
- 区域化。很多国家通过互相联系来促进贸易和经济的一体化。其他形式的区域化出现在国家内部，所有这些区域

---

① Universitas 21(U21)创建于 1997 年，是一个由多所国际性研究型大学形成的网络，其目的是促进成员大学之间的多边合作，为成员大学创造更多的发展机会。该组织的成员大学之间的多边活动包括：学生交流、教职工交流、暑期班、本科生研究工作会议、E-Books 项目、全球公民项目、主管研究的副校长会议、院长（或学科）会议、行政负责人会议、校长会议等。目前，会员包括加拿大的英属哥伦比亚大学，麦吉尔大学；美国的弗吉尼亚大学；英国的格拉斯哥大学，伯明翰大学，爱丁堡大学，诺丁汉大学；瑞典的隆德大学；中国内地的复旦大学，上海交通大学；中国香港的香港大学；新加坡的新加坡国立大学；韩国的高丽大学；澳大利亚的昆士兰大学，新南威尔士大学，墨尔本大学；新西兰的奥克兰大学；爱尔兰的都柏林大学；墨西哥的蒙特里科技大学；日本的早稻田大学等 20 所大学。——译者注

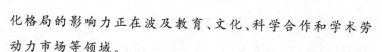

化格局的影响力正在波及教育、文化、科学合作和学术劳动力市场等领域。

- 极端不平等化。它拉大了贫富国家以及社会各个阶层之间的差距。
- 边缘化和分裂化。这是由各地区发展水平参差不齐造成的。它们导致了社会和文化上的排外现象，以及人种、种族和宗教方面的社会分化。（UNESCO 1995）

全球化是一种新生的现象。它刚刚在地区、国家和国际层面上有所显露。我们也刚开始以一种新的方式来组织我们的国际生活。这种方式可以帮助我们处理与这些多层面现象有关的各种问题。全球化并非无奈之下的情急之选，它并不威胁文化的多样性和蓬勃发展的全球化商业体系。不过，它的确可以在一定程度上削减地区和国家主权，尤其是在经济和财政方面。但是，对于许多发展中国家以及我们社会的劣势群体而言，全球化对他们的社会与经济发展还是大有裨益的。这可能会帮助我们理解和接受这样一个事实：世界正在继续面临着巨大的转变，新的问题会不断出现。这些问题只有在世界范围内才能得到解决。传统的媒体、卫星电视和互联网使我们能够更近距离地关注世界上正在发生的事情。

和过去一样，高等教育将全力迎接上述挑战，不仅仅因为大学和其他高等院校以及学术机构已经变成了现代社会的中心，而且还因为高等教育已经由对社会、文化和经济关系的一种"附属因素"转变成为这些关系的"决定性因素"。科学的进步和它在生物领域、经济活动以及社会生活中地位的逐步提高会使其在这方面的作用得到进一步加强。

可以这样说，全球化已经成为我们社会、经济和文化空间永恒的特征。如何利用它带给我们的好处，如何避免它可能带来的危险，这些都是非常重要的问题。笔者认为，社会可以期待这些大学和其他高等院校尽力揭示全球化是如何影响我们的社会及其机构的。这是因为：大学是促进理论、思想和革新孕育和发展的场所之一。它们主要以批判分析的形式来加强个人和集体在社会、文化、科技和经济活动方面选择和应用思想的能力。大学的这些职能并没有贬低教学、科研等传统职能的中心地位，相反这些职能成为引导我们应对由全球化带来的挑战和机遇的决定性因素。像联合国教科文组织一样，全球化组织肩负着拓宽高等教育全球视野的使命。在这种视野下，人们不仅能够在个人生活、职业生活以及社会生活等方面发挥作用，而且能够成为知识、思想、地区和国家文化传统的保存者和继承者。

参 考 文 献

Daniel,J. (1996) The world cuisine of borderless knowledge, *Times Higher Education Supplement*, 9 August.

Perkins,J. (1977) Four axioms and three topics of common interest in the field of higher education, *The Contribution of Higher Education in Europe to the Development of Changing Societies*. Bucharest, UNESCO/ CEPES.

Times Higher Education Supplement (1998) A world wide web of elite universities, 13 March.

UNESCO (1995) *Policy Paper for Change and Development in Higher Education*. Paris, UNESCO.

UNESCO (1997) *Adult Education in a Polarizing World*. Paris, UNESCO.

World Bank (1994) *Higher Education: The Lessons of Experience*. Washington, DC, World Bank.

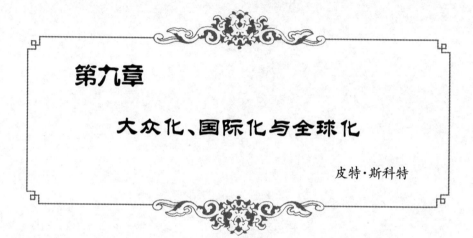

第九章

大众化、国际化与全球化

皮特·斯科特

■ 牛津大学的四方庭 (高耀丽 摄)

本书各章时而明确时而含蓄地贯穿了两个主题：第一，国际化与大众化是协同（synergy）关系还是冲突关系？换言之，高等教育系统和高等院校是在国际主义者和民粹主义[①]者的使命之间二择其一，还是能将两者的使命创造性地结合起来？第二，国际化与全球化之间的关系。它们仅仅是描述同一过程的不同词汇，还是如我所认为的那样，从辩证角度看是两个不同且对立的过程？显而易见，这两个主题是相互关联的。简单地说，大众化大学容易演变为全球化大学，反之亦然。正如约翰·厄里明确指出（其他学者也间接提出）的那样，新的时空结构不仅在观念和技术上使地方性与全球性的结合成为可能，而且几乎是强制性地将它们结合起来。高等院校、教师、研究者和学生都能够在世界范围内流动。然而，要使一所大学既大众化又国际化是十分困难的。原因在于，大众化的定位是"向内"的，它要求扩大非主流社会群体（underrepresented social groups）的入学机会，或满足地方经济与社区的需求；而国际化的定位是"向外"的，它要求加强由学者和科学家组成的国际网络。

大众化与国际化

　　本章的第一个主题是大众化与国际化的关系，在此我们将它概括为两种对立的表述：高等教育要么"非拓宽即加深"，要么"既拓宽又加深"。[②] 但问题在于，实际情况是否如第一种表述所

---

　　① 作为一种社会思潮，民粹主义极端地强调平民群众的价值和理想，把平民化和大众化作为所有政治运动和政治制度合法性的最终来源，并以此来评判社会历史的发展。——译者注

　　② 文中作者用拓宽和加深这两个词形象地说明了国际化与大众化的发展方向。国际化强调高等教育的国际交流与合作，因此是对高等教育范围的拓宽；而大众化则强调高等教育在国内的发展，如扩大本土学生的入学机会等，因此是高等教育发展的不断深入。——译者注

认为的那样：大学和学院的国际化使命与大众化高等教育系统的发展——该系统无疑根植于当地环境并对其做出回应——之间存在冲突关系；抑或如第二种表述所认为的：国际化和大众化之间有着本质联系，甚至可以相互促进？更具体地讲，国际化鼓励学生和教师进行国际流动，支持国际教育，促进与他国大学的学术合作等等；而大众化则要求扩大高等教育入学机会，开发与现实联系更紧密、更加现代化的课程，促使高等教育与经济、高等教育与中等教育建立更加密切的联系。由此看来，国际化与大众化之间是相互冲突还是彼此适应呢？我们的关切能在指向国内弱势群体和边缘群体的同时，越过国界指向其他高等教育系统吗？

这些问题并不简单，也就没有现成的答案。大学如何向海外潜在顾客推销产品，如何向本国政治家（他们为大学提供经费）和公民（不管是纳税人还是学生）推销"产品"，两者显然暗含冲突。排他主义和精英主义的主张对海外顾客富有吸引力，但却遭到国内顾客的反对。然而，也可以这样认为，在消费者驱动的环境中，创建国际教育"事业"所需的市场营销和管理技能，与大多数大众化高等教育系统所需的创业技能（entrepreneurial skills）并无二致。同样，留学生和未达标学生（例如近些年因大众化扩张而招收的大学生）的增加，促使大学改革课程内容和传授方式，基于学科（discipline-bound）的传统课程结构曾在精英高等教育系统的课程中占据主导地位，而现在人们已经对其合理性提出了质疑。

本章将从四个方面来探讨国际化与大众化之间的关系：第一，为本研究提供一个历史背景，探讨大学是否如人们通常所言，一直是国际性组织。第二，界定大众化高等教育系统的特征，讨论大众化高等教育系统是如何改变国际主义者所传承的大学精英价值观的。第三，较为细致地考察国际交流的各个方面：学生和教师的国际流动、院校之间和国家之间的合作、世界范围内科学与知识的流动等等。第四,又回到主题:高等教育是"非拓宽即加深",还是"既拓宽又加深"?

国际性大学的神话

大学自产生以来一直被视为国际性组织。中世纪的"普通学习室"(studia generales)[①]以及学生可以从波洛尼亚漫游到巴黎再到牛津,这些重要观念表明,大学从一开始就超越了国界。但是,当时国家、社会和人民之间的边界、世俗权力与教会权力之间的边界和现在相比差异很大,人员的流动性和可渗透性也远远强于现代社会。文艺复兴和两个世纪后的欧洲启蒙运动(尽管大学在启蒙运动中扮演的角色不太重要)强化了人们对于中世纪的这些记忆。然而,如果把这些记忆和印象作为大学曾经是(因而也应该永远是)国际性组织的证据的话,它们或许是被误解了。事实上,大多数现在的大学与古老的中世纪院校并无关联,即使有少数大学在历经数世纪后,确实与中世纪大学还存在谱系关系,它们也已被现代社会彻底改造了。不管是在 16 世纪由国王或君主创建的大学,还是在 19 或 20 世纪由民主国家建立的大学,它们都是民族国家的创造物。正是 19 世纪 60 年代的莫雷尔法案,导致了美国赠地大学的出现。当今世界上最好的研究型大学,最初创建的目的就是用来发展农业,开发陆地上尚未开发的财富。英国多数大学的建立也是为了满足工业社会和城市社会发展的需要。

当今大学比以往任何时候都更加依赖国家财政拨款。1945年以来,几乎所有国家高等教育的扩张都与国家权力及其影响的急剧扩大密切相关。如果没有民族国家的资助,现代高等教育系统就不可能存在。国家资助最明显的表现就是财政拨款,这也是

---

① 指"向来自各地的人开放的学习场所"。"普通学习室"是 13 世纪初期人们对高等教育机构的一种称呼,也有研究者直接将其称为"中世纪大学"。——译者注

高等教育经费收入的主要渠道。并且，随着高等教育的扩张和总体预算的增加，追求更高的生产力和经济效益的压力也在不断增加。因此，政府已经对先前具有自治传统的（至少是管制较少的）高等教育领域进行了越来越多的干预，为其投资寻求最好的价值回报。但是，对财政经费依赖的不断增强，以及由此带来的更加重大的政治责任，仅仅是事情的一个方面；另一方面，政府之所以将数百万美元（或英镑）投入到高等教育中，是因为政治家相信大学能够完成某些至关重要的国家目标。加强国家的军事实力曾经是大学要完成的重要国家目标，因此，在"二战"和冷战期间，英国和美国的大学与政府、科学家和军队之间建立了非常密切的关系。人们将来在撰写历史时会发现，在 1945 年到 1980 年期间，美国对高等教育的大量投资很大程度上要归功于苏联的挑战。而最近，高等教育服务国家的目标，则主要是经济发展和后殖民主义时代的国家建设。

高等教育投资能够转化为经济上的比较优势。不管这一信念正确与否，政治家都对此充满信心。这种信念受到了后工业社会理论的支持，该理论认为"知识"已经成为高度发达经济的主要资源。理论研究[如丹尼尔·贝尔（Daniel Bell）的《后工业社会的来临》（Bell 1973）]和通俗书籍[如罗伯特·赖希（Robert Reich）的《国家任务》（Reich 1992）]都持有这样相同的观点：对科学研究和高等教育进行投资，现在已经成为各国增强国际竞争力的关键因素。各国在国际竞争中采用的主要手段不再是舰队和导弹，而是以基础科学与商业专利为标志的"知识产权"和以高级熟练劳动力为标志的"人力资本"。与此同时，在民族身份的构建和培养更多的国家精英方面，高等教育也起着关键作用。当非洲和亚洲国家还处于殖民地时期，当拉丁美洲国家还处于 19 世纪时，它们已经建立了大学来维护刚刚赢得的独立并培养新的本土精英。上述高等教育目的虽然主要植根于民族抱负，但同时我们也可以把它们看做是国际化目标,原因在于国际化关心的是民族国家间的军事竞争或经济竞争。然而,即使在某种程度上这些国家的高等教育体现了超越国界的价值,我们还是不能把它们称为国际主义。在后冷战时代,合作(至少是区域合作)的必要性已经得到民族国家的认同。尽管如此,国家利益仍然占据首要地位。总体而言,受到国家资助的大学是为本国目的服务的,因此不能把他们称为国际性组织。

但如果我们根据上述分析就认为,民族国家政府仅仅因为大学是实现国际竞争的工具而提供资助,那就大错特错了。在大多数发达国家,高等教育还要履行重要的社会功能。作为促进社会流动的机构,大学本身是个人生存与发展机会的分配工具,同时大学与教育系统的其他部分共同增进了个人的生存与发展机会。有人认为,基于阶级、种族和性别之上的等级制度已经变得越来越不重要,而基于学历证书的新歧视模式将会产生更强大的影响力。在 20 世纪后期的消费主义社会里,大学依然在为越来越多的人提供各种生活方式。同时,大学也被深深地卷进了所有民主社会政治议程的中心问题——平等问题——之中。尽管平等问题对不同社会来说具有普遍性,但很难把它看成是国际性问题。当然,就发达国家与发展中国家之间的南北差距而言,平等问题确实具有国际性,但这与大学有责任回应国家政治需要下的平等问题截然不同。

在西方大学的发展历史中,国际主义对大学的影响力较弱;当代大学则毫无疑问在坚定地服务于国家目的。那么,为什么国际主义还会在我们的大学观念中发挥如此重要的作用呢?一种较为极端的解释是:大学之所以明确坚持国际主义观念,正是民族国家无情的干预性权力造成的,因此,国际主义并不是一项关于大学国际责任的积极声明,而是对国内大学实际处境的消极反应。同时,在一般情况下,人们认为一直从事富有活力的国际性

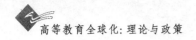

活动的大学就是有国际声望的大学，由于许多国家希望本国的大学具有国际声望，于是政治家就默许了国际主义神话的长期存在。

马丁·特罗（Martin Trow）认为，大学的国际目标与国内目标之间的冲突关系被称为大学的"公共性"（public life），即它的政治和组织的特征（Trow 1973）。然而，大学的"私人性"（private life），即大学作为知识机构的特征，在国际化方面同样扮演重要角色。甚至可以这样说，大学的国际性更多是通过其"私人性"而不是"公共性"表现出来的。乘坐喷气式飞机到处开会的学者（jet-setting conference-hopper）已经替代了中世纪的漫游学者，然而，前者现在或许正被电话会议、在家开洲际网络会议等潜在的信息技术革命所取代。上述种种转瞬即逝的现象都反映了一个基本思想，即科学和学问是没有疆界的，由于组织性质与其产品性质紧密相连，因此大学必然是国际性组织。克拉克·克尔（Clark Kerr）（加利福尼亚大学前校长）的一篇题为《知识的国际化与高等教育目的的国家化：冲突的两种"动力法则"?》的文章，就充分揭示了大学作为政治组织被迫服从国家目标，与作为知识机构在全球范围内不受限制之间存在的潜在冲突（Kerr 1990）。

即便如此，争论依然存在。当然，如果认为西方科学传统优于所有其他知识传统，那么，坚持大学的普遍主义观念是可能的。不过，西方科学传统的优越性正在日益受到其他知识传统的挑战，与此同时，西方科学传统还受到了其自身的地方怀疑主义的侵蚀。甚至在最抽象的科学领域，坚持"物理学就是物理学"也不再可能。亚里士多德、牛顿和爱因斯坦的物理学的知识建构完全不同，他们也没有运用相同的理论和数据。不可通约性，这个伴随社会科学、文学和历史学的阴影依然存在。经济学的许多基本思想阐述的，是自工业革命以来西方经济的发展经验，它们仅仅是解决各国工业经济发展问题的工具，因而也不具有普遍性。

　　同样道理,阶级和功能是政治学和社会学的重要概念,却无法解释发生在欧洲中心的一些事件(如前南斯拉夫的悲惨经历)。在西方国家的许多大学中,性别和女性研究变得日益重要。这些研究反映的是性别、劳动力市场、生殖技术与我们特殊的社会文化习俗之间的动态关系。如果你认为上述学科中的学术与个人价值观能够普遍推广到其他社会,或许太狂妄自大了。对此,有很多实例可以证明。尽管在"公共性"方面,大学要服从国家目标,但在"私人性"方面,大学支持国际主义价值观,甚至还支持普遍的价值观。然而种种事实表明,任何有关大学国际主义的观点都是站不住脚的。试图从西方知识传统中引申出大学国际主义思想的努力,是(或许一直都是)不足为信的。

　　通过以上分析,我们可以得出如下两个结论:第一,从诞生之日起,大学作为国际性组织的理念在很大程度上是一种神话。大学是为了实现国家目标而创建的国家组织。第二,由学者和科学家组成的国际共同体都信奉普遍主义价值观,这一理念同样也是一种神话,或者说,它是对过去已经被遗忘的帝国主义的一种"还魂"。在 20 世纪后期错综复杂的多元世界里,复杂性是考虑大众化高等教育系统中国际维度的起点。我们有必要根据现在和未来的情况,尝试描述大众化高等教育系统的真实情形,而不是从过去的神话中想象大学的国际性。

大众化高等教育系统的特征

　　大众化高等教育一词被广泛和随意地运用,在此我们有必要对这一术语给出比较精确的定义。本节主要研究高等教育从精英阶段到大众化阶段这一重要转变。在 20 世纪 60 年代,美国首次出现从精英高等教育向大众化高等教育的转变,并且第一次有人对这一转变进行了阐述。大约在同一时期,欧洲大陆许多国家的高等教育系统也开始了相似的转型,但欧洲人几乎没有对此加以关注。大众化高等教育系统不仅不可避免，而且是人们追求的，这一点在英国已经达成共识（Scott 1995）。然而，事实通常是：我们对一个词汇越熟悉，就越不清楚它的含义。本部分从四个主要方面阐述大众化高等教育的含义。

第一，大众化高等教育系统与社会、经济之间的关系。我们已经简要地描述过这一关系变化的某些方面，比如，高等教育对国家财政的依赖日益增加，高等教育需要满足更多的社会问责需求，大学与国家政治目标的关系更加密切，高等教育需要严格服从于国家政治目标等。关于高等教育与政治、社会环境之间关系的变化，有两个因素可能会对大学的国际地位产生重大影响。第一个因素是，严格地讲，大众化高等教育系统不再具有选择性（或许用"排他性"一词概括更好，因为大众化不仅仅是大学录取比例的问题，更涉及对高等教育的社会处境有更广泛的认识问题）。精英高等教育系统具有排他性，是为最好和最聪明的人提供的。无论这种说法公平与否，精英高等教育系统都是为了迎合埃里克·阿什比（Eric Ashby）所说的"小部分优异者"的需求（Ashby 1971）。大众化高等教育系统则具有包容性，它们几乎是向所有人开放的。接受高等教育已经成为广泛的社会群体的基本要求，这也导致与大学毕业生身份相连的声望与地位的急剧调整（但这并不必然导致毕业生地位下降）。第二个因素与第一个因素紧密相连——在大众化高等教育系统中，高等教育与精英职业之间的旧有联系不可避免地、无情地被削弱了。当然，这些联系依然存在，大学依旧维持着培养医生和律师的垄断地位。然而，在大众化高等教育系统中，劳动力市场上的许多大学毕业生不再拥有往日的特权和声望。相反，他们或者加入了中层管理人员的行列，或者成为仍在不断膨胀的公共官僚机构的职员。从更根本上看，在工作时间和工作生涯日益缩短以及所谓"灵活就业"的年代里，高等教育与职业劳动力市场的关系也将越来越松散。对一些毕

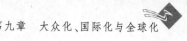

业生而言,高等教育给他们提供的是智力、文化、社会和个人资源,他们可以在有偿工作范围之外运用这些资源。因此,在大众化高等教育系统中,高等教育的输入和输出都发生了变化,这或许会导致大学褪去神秘色彩,然而,英国"本土"的大学褪去神秘色彩的秘密不可能永久保持下去,这将对高等教育的国际化产生根本性影响。比如,人们不再反对招收留学生,使得未来的各国精英能够相互交流。此外,它所产生的最大影响是:许多国内学生不再来自精英阶层,当然,也不能再进入精英阶层。当大学与职业市场曾经紧密的联系变得松散时,试图通过大学教育来创建高层次的职业利益团体,使东道国在经济或战略上受益的想法,或许不再那么现实了。

第二,大众化高等教育系统的形态和结构。传统大学不再是高等教育系统中唯一的或处于支配地位的院校模式——这是高等教育系统在形态和结构方面发生的最显著的变化。人们创建了许多新部门和新型机构。澳大利亚的高级教育学院(CAEs)和英国的多科技术学院等新型机构被纳入到高等教育系统之中。它们对传统大学的行为和价值观都产生了影响(Scott 1996;Pratt 1997),并且这种影响还在继续扩大。不管怎样,大众化高等教育系统与中学后教育系统越来越难以区分。澳大利亚的技术与继续教育学院(TAFE)和英国的继续教育学院给传统高等教育系统带来了新的挑战。大众化高等教育系统中最初用来满足国家特殊职业和专业需要的教育机构,虽然缺乏传统大学的国际主义特征和责任(它们从一开始就是如此),但却日益成为大众化高等教育系统的核心。然而,这并不必然意味着,那些曾经是面向国内或地方的高校(如英国的多科技术学院和澳大利亚的高级教育学院),以及那些现在仍然是面向国内或地方的高校[如德国的专业技术学院(*fachhochschulen*)和荷兰的高级职业培训学校(HBOs)],就没有国际地位或国际抱负。事实并非如此。新型机构对高等教育中已经根深蒂固的传统结构和形态的影响还在不断加强。无论是"二元制结构"还是"后二元制结构"，在大众化高等教育系统中，"非大学"院校确实如当初设计时所想，为高等教育增添了多样性。但由此形成的复合结构，在外国人看来非常复杂，甚至显得混乱。

第三，大众化高等教育系统中的大学管理。即使在管理颇严的二元制中，特殊院校也被赋予了特殊使命，所有院校共同承担高等教育的多重使命。由于学生人数不断增加，大学规模越来越大，与此同时，财政支出却在逐步缩减。高等教育的付费者，不管是代表纳税人利益的政治家，还是那些被日益要求为高等教育做出直接贡献的学生，都希望高等教育更加"物有所值"。所有这些都迫使大学采用新管理方式，由教师团体共同掌权（collegiality）的管理方式已不再适用，大学必须发展职业管理者团体。我们必须有意识地把大学作为大型复杂组织来管理，而不是把它看成是由有着迥异的特殊兴趣和派别的专业人员松散联结而成的系、学部、学院等的集合体。但在高等教育国际化背景下，由职业管理者团体管理大学的新方式利弊参半。

如果现在由职业管理者团体来管理大学和制定战略规划，大学的国际角色和责任就能被纳入到院校的战略规划之中，从这个角度看，它是有利的。大学在过去根本不可能制定一项前后一致的规划。虽然大学历来有国际主义的神话，但在实践中却鲜见这一特征；另一方面，政府出于短期公共支出的考虑，需要出台提高学费或其他方面的管理措施。过去的政策通常是对上述两者冲突的盲目回应。现在至少在理论上，大学可以做到未雨绸缪，而不是亡羊补牢。然而，这种管理方式也有不利的一面，因为在当今，大学被管理得越好，通常也意味着大学所受的管制越多。大学要自下而上地实施国际交流与国际教育方面的专门项目将变得越来越困难。为了确保自下而上的项目能够融入院校的整体战略,大学必须改进管理方式;更重要的是,大学还必须花费精力确保新的管理方式不会造成院校资源的损耗。除此之外,管理型大学(managerial university)可能会发现,自己很难被留学生深情拥抱,并成为他们充满甜蜜回忆的母校。从这个意义上说,尽管传统精英大学有诸多不足,但她为学生营造了一种令人心旷神怡的亲密关系,这是管理型大学所难以匹敌的。

第四,大众化高等教育系统的发展过程。学生群体日趋多样化(这个群体囊括了不同年龄阶段、学术成就和能力水平的学生);大学在教授越来越多的学生时必须提高效率;学生能够选择的职业范围越来越广;现在仅有少数学生有学术取向和学术抱负;大学在源源不断地引进新学科,而且,一般说来新学科是围绕着职业需求而不是认知规律加以组织的,于是,人们现在已经不能再忍受曾经"自由散漫"的大学课程。大学必须重新设计质量保障体系,给那些已经处于学术标准警戒线边缘的人们拉响警钟;必须引进学分制度,使学生能够随时入学或退学、随时调整所选课程;为了充分利用新技术,大学还必须采用明确的教学策略。上述这些举措都会给现有的教育制度带来巨大的、不可逆转的影响。过去,人们把高等教育视为教师与学生之间的准私人交流和亲密无间的智力碰撞,尽管这带有一些乌托邦色彩,却是精英大学的典型特征。与之相反,现在人们认为,大学的课程及其传授必须系统化甚至工业化。在研究生教育阶段,类似的变革已经开始了。在学者与徒弟或教授与研究小组形成的封闭世界中依据古典方式培养出来的博士,已经被改革过后的方式培养出来的博士、课程硕士(taught masters)和工商管理硕士(MBA)取代。

这些变化对国际教育和交流而言意义重大。一方面,上述变化似乎削弱了学生与导师间的亲密关系,这曾被视为精英大学的典型特征。尽管师生之间的亲密关系现在几乎毫无疑问地成为落伍的传统,但对留学生和海外教师却有特别的吸引力。牛津四

方庭（Oxford quadrangles）、剑桥庭院（Cambridge court）、哈佛园
（Harvard yard）[①]，甚至伯克利的电报街[②]或者是芝加哥大学南侧
校园（South-Side campus），这一连串名字让人联想到这些大学独
特的本科和研究生教育风格紧密相连的超凡魅力。然而当新的、
更加系统化的课程和教学方式占据主导地位时，大学的这些超凡
魅力却不得不做出让步，毫无疑问，大学的国际吸引力也随之逐
渐减小。另一方面，尽管在 20 世纪 60 年代，英国新成立的大学
在郊外建造了雅致的、半田园式的校园，确立了大学的崇高使命，
人们试图通过这些方式再现古典大学的精神风貌，但是这些大学
永远不会成为现代高等教育系统的典型特征。新的大学课程有
明确的目标、开放的结构和清晰的进度路线，这为国际合作提供
了新的机遇。它使大学更易于在不同国家实施课程合作，特许经
营（Franchising deals）也将成为可能。学分能够跨越国境积累和
转换，学历和学术标准也可以实现国际互通。这使新的大学课程
拥有非常巨大的优势，对此，尽管人们还没有完全认识到，但它带
来的好处已远远超过由于与未来大都市精英丧失密切交流机会
而带来的潜在损失——这些大都市精英正是通过古老的非正式
的本科生和研究生教育模式培养出来的。

大众化高等教育的国际维度

到目前为止，我们已经探讨了本章第一个主题中的两个问
题：第一，从古到今，与传统大学如此紧密相连的国际性神话，尽

---

① 哈佛园指的是哈佛旧的"大学校园"（College Yard），即以围墙环绕的校区。——译者注
② 在 20 世纪 60、70 年代，伯克利校外的电报街（Telegraph Avenue）曾是嬉皮的聚居
地，如今这些嬉皮虽已烟消云散，但街上仍栖息着许多无家可归的流浪人，成为伯克利独特的
风景之一。——译者注

管不能说完全错误,但与人们通常的假定相比,较少得到可靠历史事实的支持。几乎从一开始,大学就是国家机构,他们依靠民族国家并在其保护下茁壮成长。高等教育系统能达到当前的规模和影响力,是与它们在战略强国、经济效益和社会公平等方面实现国家目标的能力息息相关的。第二,大众化高等教育系统的发展并不会阻碍国际交流和其他形式的国际联系。但我们必须用新眼光来看待这种关系:在大众化高等教育阶段,国际交流和联系是相互的而不是单向的,是市场取向与国家资助并重的,其形式是多样而非单调的。现在,我们有必要从以下四个方面详细考察大众化高等教育的国际维度。

一是学生流动。对此,大卫·艾略特在第三章中以及简·塞德拉克在第八章中都已做过非常详细的探讨。值得注意的是,在大多数现代高等教育系统中,留学生的比例都在增长。事实上,不管国内学生的入学人数增长多么迅速,留学生的增长速度仍然要更快一些。对留学生数量的快速增长有以下几种解释:第一,或许也是最重要的解释,政府鼓励大学采取更加市场化的方式招收留学生。特别是当公共经费来源渠道紧缩时,就更加需要开发留学生招生市场;第二,冷战的终结为英国清除了苏联和东欧国家的竞争对手——那里的大学曾给予留学生高额的津贴。现在希望留学的非洲和亚洲学生只得进入西方大学。不过,面对竞争日益激烈的留学市场,作为消费者,这些国家的学生可以在不同国家和高校之间进行一番选择;第三,许多国家,尤其是亚太地区的新兴工业化国家,鼓励那些物质上富有并想成为中产阶级的人投资高等教育。但是,当地大学的教育水平通常不能满足这种日益增长的需要。因此,马来西亚、中国香港地区和新加坡成为西方国家留学生的主要来源地。

然而,除了数量增长,留学生的新型流动方式还伴随着一些与大众化高等教育系统密切相关的特点:

- 学生流动主要不再由国家间的殖民或后殖民联系来决定。例如，我们应该把澳大利亚和英国之间的学生流动，看做是包括美国在内的所有发达国家之间学生交流的一部分，而不应该再把它看成昔日后帝国（post-imperial）与殖民地联系或英联邦国家间联系的一部分。比殖民关系意义更为深远的新兴区域正在形成。比如，尽管英国并没有对大学招收欧盟学生给予财政鼓励，但到英国留学的其他欧盟国家学生人数在十年间增长了六倍。澳大利亚的"亚太地区学生流动计划"（UMAP）折射了当前正在形成的另一个更大的区域集团的需要。类似的例子还可以举出几个。

- 当前的学生流动受市场而非国家驱动。在英国的留学生中，最受欢迎的学科是经济、管理和会计，这并非偶然。这种现象与十年或二十年前的情形相比有着显著差异，当时最受欢迎的学科是自然科学、工程学和公共行政。导致上述变化的因素有二：第一，发达国家现在很少愿意为较为贫穷国家的学生提供留学津贴（open-door subsidy）——该津贴是对第三世界国家提供无差别援助的一种形式。第二，经济发展模式已经发生了深刻变化。现在，人们已经不再重视由世界银行资助的大型基础设施和工程项目，而是更加关注商业和企业的发展。不管这种政策转向是好还是坏，它已经对学生流动产生了重大影响。

- 学生流动不再是发达国家（如英国）引进留学生、亚洲和非洲的发展中国家输出学生的格局。目前最有活力的学生流动发生在发达国家之间，或者至少是发生在发达国家和新兴工业化国家之间（近来，东亚经历了经济危机，因此，要分清上述两类流动方式变得更加困难）。然而，关于这一问题更加重要的是：发达国家的大学正在越来越多地通过其他方式招收发展中国家的学生，比如，在发展中国家建立分校,特许当地大学"经营"它们的学位,并与当地大学一起设计联合培养项目等等。当世界正在变成地球村时,部分"留学生"不出国门就能学习位于地球另一端的大学课程。

二是教师的跨国流动。学生流动与教师流动是相联系的,因为留学生通常会与他们留学的院校保持联系,当他们回国获得学术职位后,会继续与留学的院校进行交流。此外,许多留学生在国内本来就拥有学术职位,他们更有可能进行后续的交流。然而,由于缺少可靠的统计数据,我们很难对教师的国际流动情况进行全面描述。教师流动包括从永久移民到短期访问在内的一切情况。与此同时,鼓励或阻碍大学教师国际流动的一些因素正在相互抵消:一方面,价格低廉的飞机旅行费用鼓励学者流动;另一方面,信息技术革命意味着学术人员无需在飞机上花费太多时间,就能与其他国家和其他洲的同行保持联系,了解最新的研究动态。或许我们还可以尝试性地提出几种发展趋势:第一,永久移民和长期交流可能会减少,教师的跨国流动更倾向于采用短期访问的形式。在过去,那些选择永久定居的,通常是从宗主国移居殖民地或半殖民地国家发展事业的人。可以肯定,对目前发展中国家的教师来说,这种形式不再被接受或者说已经没有必要了。现在跨国流动的重点已经转移到区域性集团内部(比如欧盟)更加平等的学术人员交流项目上。第二,现在大部分教师的长期流动朝着与过去相反的方向发展。有才华的学者和科学家都涌向世界学术中心——通常是美国著名的研究型大学,并且都不再回来。第三,"管理阶层"教员的流动急剧增长。毫无疑问,所有的大众化高等教育系统都产生了大量的管理干部,他们急切地想仿效国际商业中流行的乘坐飞机周游世界的生活方式;同时他们也逐渐意识到,通过考察那些面临相似挑战的其他国家的高等教育系统,可以学到一些经验。另一方面,普通教师的教学负担越来越重,而他们的旅行经费也很少(或者根本没有)。第四个趋势与前三个密切相关，那就是，过去教师交流的内容基本上是有关学术研究的，而在大众化高等教育系统中，这些学术活动不那么重要了，昔日认为教师为学术而流动的观点缺少了现实依据。信息技术革命与著名研究人员向世界大学中心高度集中，这两股力量共同削弱了以学术为目的的教师流动方式。相反，以教学和院校管理人员为主体的跨国流动新形式正在出现。

三是不同国家院校之间的合作。院校之间既有研究合作，又有教学合作，前者早已有之，后者是最近才有的现象。目前，一些大学经常与其他大学签订协议，大学校长握笔呈签协议书的照片随处可见。其中部分协议项目比较单一，如联合开设课程或合作研究项目；部分协议的目标则较为远大，大学之间的合作领域也越来越广。当然，这些内容广泛的合作协议，与建立友好关系的姊妹城市之间的协议非常相似，都是宏观层面上的，换言之，这些协议都是关于大学合作的"浮华盛景"，里面几乎没有实质性内容。新出现的网络交流方式对大学更有吸引力。大学间的协议签订不再像过去那样，由伦敦参议院甚为庄严、远距离地主持签订帝国广大疆域内的学术协议。从国际合作的准帝国背景转向区域背景是一种决定性转变。当然，其中一些合作区域可能会非常广阔。环太平洋地区的大学之间建立联系触手可及，欧洲各国首都的大学之间已经有了合作的先兆。对这些大学而言，机遇与挑战并存，大学合作的高额成本也是需要考虑的重要问题。

然而，院校合作并不仅仅是签署协议的大学双方的事情，不管是国家政府（national governments）还是超国家政府（supra-national governments）都在该舞台上发挥着重要作用。正如尤利奇·泰希勒在第七章中所述，多年来，欧盟赞助过一系列鼓励大学合作的计划（特别是伊拉斯谟计划和现在的苏格拉底计划）。事实上，冷战终结后，欧盟通过包括"田普斯计划"（TEMPUS）在内的项目，已经将合作范围扩展到了中、东欧国家的大学。在后冷战时代，世界上的一些原本重要的地区由于缺乏战略或经济重要性被踢出局外，这是从准帝国（quasi-imperial）合作转向区域合作带来的问题之一。非洲就是这方面的典型例子。对非洲国家来说，即使依靠一个最最糟糕的"家长统治式网络"，也要比根本没有网络依靠好得多。

大众化高等教育的第四个国际维度，是思想（而非人员）的世界性流动。当然，在某种意义上，科学毫无疑问是国际性的，学术研究亦然。在后工业化时代，如同我们无法讨论"国家工业"一样，我们也无从讨论"国家科学"。现代社会中所有最有活力的领域（当然也包括大学里的科学）都是国际性的。然而，无论高附加值或高产量工业的全球化，还是科学技术的全球化，都将导致多重影响：

- 全球化将导致工业和科学创新力量的全面聚集。在全球化背景下，真正具有创新实力的企业（通常能获得政府的资助）数量有限，同样，真正具有科学创新实力的大学也为数寥寥。现在至少有人持有这样的观点。人类基因工程、核能加速器等正是支持上述观点的现成例子。此外，国际一流水平的研究型大学组成的超级联盟的出现（当然，这些大学多在美国），似乎也支持了上述观点。

- 另一方面，全球化与日益复杂的信息技术的结合，已经潜在地导致了科研力量的极大扩散。重要科学产品的"硬件"也许还需要集中在麻省理工学院或斯坦福大学这样的大学来完成，但科研"软件"则可以在世界任何其他地方生产。软件生产地点广泛分布的情况，不仅局限于电脑行业。毫无疑问，这一局面将带来学术劳动力的不均衡分布——真正有创造性和突破性的科学工作在北美洲（部分则在欧洲）完成；而常规性的科学工作则转包给印度次大陆、拉丁美洲等地的外包人员来完成。

在国际上，科学活动集中和扩散两种趋势并存，同时各国大众化高等教育系统——不管其结构是二元制还是一元制——都在发生深刻的变化。这两者颇有"相映成趣"之处。一方面，研究功能集中在数量有限的大学范围内，这样可以使科学研究产生协同和规模效应，又可防止其他院校使命的扭曲；另一方面，在大众化高等教育系统中，那些曾经被"边缘化"的院校，也受到了老牌大学"研究文化"（research culture）的影响，它们的研究（准研究）活动也蓬勃发展起来。

然而，科学研究不是大学的唯一职能。从更广的意义上看，知识文化的创造、继承和发展也是大学使命的重要组成部分。因此，大众化高等教育系统需要朝"深度"和"广度"两个方向发展。"广度"是指大众化高等教育系统必须满足在精英高等教育下入学机会很少和对昔日精英大学文化不熟悉甚至感到厌烦的非主流社会群体的各种需要；"广度"是指大众化高等教育系统必须更多地融汇非西方的知识传统，更多地把西方传统中日益增长的多元文化纳入进来。这两种过程在很大程度上是相伴而生的。例如，教育机会的扩大，使参与高等教育的女性人数急剧增长，与之伴随的是女性主义观点、甚至是女性主义意识形态的传播。但是，这两种过程偶尔也有冲突：大学是应该更专注于招收留学生，还是应该扩大国内弱势群体的入学比例？精英高等教育系统满足了小范围社会精英的需要，同时引导学生融入到始终充满自信的精英知识文化中。大众化高等教育系统却迥然不同，它们必须直面社会多元主义和知识多元主义。强调相对真理而不是绝对真理的后结构主义和后现代主义、多元主义甚至戏谑文化（playfulness），都是随着高等教育大众化发展起来的，这些或许并非偶然。那些把这类知识运动视作是人文和社会科学领域的堕落现象而不予理会，或许是错误的。在科学技

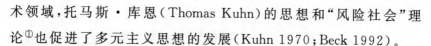

术领域,托马斯·库恩(Thomas Kuhn)的思想和"风险社会"理论①也促进了多元主义思想的发展(Kuhn 1970;Beck 1992)。

在国际化背景下,上述发展产生了双重影响:一方面,这些现象反映了全球化的复杂性,是复杂多元主义的一种表达方式,它使大学价值观中的"国际化"更加名副其实;另一方面,面对更加广阔的世界,大众化高等教育系统(和后现代大学)表现得更不自信,它们对潜在的留学生和其他国家教师的吸引力大大降低了。我们很难清晰地勾勒出这一双重影响的利弊得失。因此,我们有必要强调高等教育国际化既是一种是管理、财政和后勤现象,也是一种知识现象。或者说它本该如此。

本章第一部分提出高等教育要么"非拓宽即加深",要么"既拓宽又加深"。具体而言,国际化和大众化之间是存在冲突,还是大众化高等教育系统的发展与许多大学日益重要的国际作用密切相关?对此可能有两种答案:第一,这一问题的解决完全取决于大众化高等教育系统中的少数精英大学。现在全球范围建立起了科学与技术市场,区域网络发展凸现了大众化高等教育系统内精英大学的战略重要性,而精英大学本身需要通过招收留学生获得收入来弥补传统渠道拨款的不足,因此,大众化高等教育系统中精英大学的国际化作用将会不断增强。这样一来,多数大众化大学扮演的国际角色就会更加有限。尽管大众化大学不只关注地区或教区的教育,但其主要功能也仅限于招收各类国内学生,开设与当地经济和社会需要相关的课程等等。

---

① 风险社会理论形成于20世纪80年代。该理论认为:随着经济全球化的加速推进和信息化程度的快速提高,世界正在进入一个不同于传统现代化社会的风险社会,社会突发性危机的不确定性、不可预见性和迅速扩散性都日益增强。其基本特征,一是突发危机不再是孤立的,其影响是全面而扩散的;二是社会风险不是传统的可见、可统计、可预测的威胁;三是危机一旦突发,人们会借助现代信息手段和自组织渠道,使不信任和恐惧迅速传播;四是当今的社会风险是反思现代性的产物,意思是我们创造的征服力量和技术手段越来越难以控制和驾驭,它有可能像脱缰的野马,毁灭我们所创造的一切。——译者注

第二，尽管在某些重要方面，国际化和大众化存在冲突（与大众化大学相比，潜在的留学生群体更喜欢拥有常春藤覆盖的校园和有学术声望的老式精英大学），但在满足大众化高等教育系统日益增长的国内需求，以及不同国家高等教育系统相互联系的国际需求这两个更重要的方面，国际化和大众化具有一致性，甚至还会产生协同作用。也许最明显也最富有争议的一点是，精英大学和大众化大学都强调市场的重要性。

上述两种答案都有道理。与老式大学相比，英国的多科技术学院和澳大利亚的高级教育学院的国际联系明显不足，德国的专业技术学院和荷兰的高级职业培训学校的国际性同样不明显。但是，这种差异或许不会一直持续下去。这种局面已经在发生变化了。在同一所大学中——不管是精英型的还是大众型的——一些院系已经具备了很强的国际使命，其他院系则需要完成更多的地方性事务。因此，第二种答案更有说服力，因为它揭示了更多关于大众化高等教育系统与大学国际化之间的动态关系。

大学走向国际化还是全球化？

国际化和全球化描述的是同一（或非常相似的两个）过程，还是存在很大差异甚至对立的两个过程，这是本章一开始提出的第二个问题。在讨论该问题之前必须强调以下两点：第一，并非所有大学都是国际化的，但是所有大学都处于全球化这一相同的过程之中，其中部分大学是全球化的对象甚至是受害者，部分大学是全球化的主体或者说是主要行动者。第二，不能把全球化简单界定为遍及全球的昼夜不停的金融市场、高端信息技术和一体化世界市场带来的影响。否则，全球化必须被视为"西方"的产品，至少是起源于发达国家的一项运动（因此，在某种程度上全球化是发达国家的"专利")。但是,本章将采纳更加宽泛的全球化定义,即强调全球环境变化所带来的影响,强调那些靠强硬的移民或难民政策,或者超级大国的控制不能杜绝的政治与社会冲突,强调全球文化和本土传统交融而带来的世界多元文化的发展。从这一角度讲,全球化绝不是一项西方运动,身处其中的大学也将发挥全新的、超乎人们想象的作用。

　　本章与国际化和全球化这一总主题相关的共有四部分:第一部分,大学的国际性(这是大学从一开始就信奉的特质)与全球化的比较;第二部分,高等教育大众化,它是高等教育中发生的非常重要的变化;第三部分与第一部分密切相关,探讨大学从新殖民的国际化到后殖民的全球化的急剧转变;第四部分,讨论大学作为未来知识社会的重要机构,正在直接介入更加彻底的时空重构之中。

大学的国际性

　　正如我们已经探讨的那样,国际性已经成为大学生活世界的组成部分。从一开始,大学就被视为国际组织。然而,如果仅仅从大学发展的表面意义(face value)来看,我们并不能被接受大学具有国际性的说法。中世纪后期,当大学作为一种独特机构首次出现时,大学集中在欧洲的某些地区,主要位于意大利,稍后是西班牙、法国、英国、几个低地国家①以及德国部分地区(事实上,这一地域与今天欧盟的版图有些重叠,这或许并不完全是巧合)。同时,大学诞生之时,民族国家尚未在世界上出现,从这个意义上讲,大学不可能是"国际"组织。更确切地说,大学与其他组织——如神圣罗马帝国,当然还有天主教——共同分享了中世纪欧洲部分区域原始的"普遍主义"(universalism)观念。因此,我们

---

　　①　低地国家是指荷兰、比利时和卢森堡。——译者注

不能把中世纪学者中的游学人员（peregrinatio academica）视为今天学生跨国流动潮流（如伊拉斯谟计划和苏格拉底计划，或大学三年级学生到海外学习，或者是最近出现的从东亚到欧洲、美国和澳大利亚大规模的学生国际流动）的先驱。国际化绝不是中世纪经院哲学内部学者之间的争论可以比拟。或许我们可以说，只有后来围绕宗教改革的意识形态战争，才能与当前知识社会中的全球信息流动相提并论。

现代大学是民族国家的产物，而不是中世纪文明的产物。仅仅到了近代早期，即文艺复兴和工业革命来临之间，大学才承担了现在我们看到的多项功能，服务于欧洲及全世界范围民族国家的专业发展和意识形态需要（de Ridder-Symoens 1996）。科学技术在大学获得一席之地，只是19和20世纪的事情（直到19世纪晚期，大学才对现代世界的工业化和城市化进程做出了些许贡献，这一刻确实来得太迟了）。1945年之后，更确切地说是在1960年之后，大学才开始通过扩大教育机会而成为广泛民主运动的一部分。因此，现代大学是新型的民族国家机构。在现存的大学中，仅就欧洲大学而言，有四分之三建于1900年之后，有一半成立于1945年之后。

尽管听起来有点自相矛盾，但是，大学在成为国际组织之前，必须先成为国家组织——正如国际化必须以民族国家的存在为前提一样。大学国际化有两种方式：第一种与帝国的历史进程息息相关。新英格兰的新教徒定居者率先做的事情之一，就是在1638年创建了哈佛学院；西班牙殖民统治者在拉丁美洲和南美洲的行动之一，是在墨西哥城和利马建立大学①，这比建立哈佛学院的时间还早80多年。大学与帝国关系交织的历程持续了300多年。进入20世纪之后，现代化与帝国主义进程依然紧密联系

---

① 西班牙殖民统治者占领墨西哥和秘鲁之后，于1551年创建墨西哥国立自治大学和位于秘鲁首都利马的圣马科斯大学。——译者注

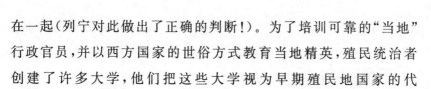

在一起（列宁对此做出了正确的判断！）。为了培训可靠的"当地"行政官员，并以西方国家的世俗方式教育当地精英，殖民统治者创建了许多大学，他们把这些大学视为早期殖民地国家的代理人。

第二种方式与科学的"客观性"和"普遍性"威望有关，而大学直到很晚才从科学发展中受益。19世纪初之前，知识精英们基本上是在大学之外进行交流的。他们通过游历欧洲大陆（grand tour）、组织科学学会和文学沙龙等方式进行交流。直到最近，大学才继承了这种信息交流方式，建立了科学国际交流的新形式。即便如此，这种新形式也是强国之间意识形态和技术对抗的病态产物。因此，"二战"后的阶段，既是大学的黄金时期同时也是冷战时期，这或许并非一种巧合。

20世纪末期，大学面临着新环境：虽然关于国际性的新殖民主义观念①还没有消失，但它已经被全球化这一新过程所淹没。正如我在前面提到的，不能简单地把全球化过程视为昔日国际性的重复，现在的全球化虽然因西方发达国家的控制而呈现某些不良结果，但它也在新信息（和知识）技术条件下得到不断加强。我们也不能把全球化简单地视为国际化的高级形式。事实上，全球化与国际化之间是辩证关系，而不是线性或累积关系。从某种意义上讲，新的全球化与昔日国际化相互对立。假若这个判断是正确的，那么大学的功能将变得更加不确定。我们是否可以因为古老的"普遍主义"和新兴的全球化，都超越了民族主义（也超越了

---

①　殖民主义的发展经历了三个阶段：旧殖民主义、新殖民主义和后殖民主义。旧殖民主义是指在第二次世界大战以前，殖民宗主国在政治、军事上对于殖民地国家赤裸裸的直接统治，殖民地国家彻底或部分地丧失了自己的国家主权。新殖民主义是指在"二战"后，民族独立运动兴起，西方转用政治控制与经济剥削相结合的方式进行殖民统治。后殖民主义又称"文化殖民主义"，第三世界国家在政治上的独立与经济上的成功都不意味着它在文化上的自主或独立。由于第三世界国家摆脱西方殖民统治的努力常常是借助后者的所谓现代的方式、现代的语言与文化，从而无法摆脱西方文化的深刻影响与制约。——译者注

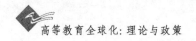

作为民族主义逻辑扩展的国际主义）的功能——甚至与民族主义相对立，就在它们之间建立起某种联系（不管这种联系是多么脆弱）？答案恐怕是否定的。

高等教育大众化

区分大学的地方性和全球性已经没有太多现实意义，对此，约翰·厄里已经在第一章分析了个中原因。现代大学已经成为非精英的"地方性"机构。全球化的多样性、模糊性和易变性意味着其与帝国、教会和大学的"统一性"几乎没有任何共同之处。那么，现代大学是如何演变的？把大学描绘成为本质上是非精英的"地方性"机构是否合理？

在此，我们必须考虑大众化带来的两个问题：第一个问题是，许多发展中国家和发达国家的高等教育系统都招收了大批学生。在一些发达国家（如近期的英国、大多数中东欧国家以及东亚新兴工业化国家），过去的入学率都很低，现在也招收了大量学生；在大多数发展中国家，学生接受高等教育的现象也很常见。这一变化导致这些国家原有的大学教育与国家精英培养之间的联系被彻底削弱了。尽管如此，精英大学还将继续存在，大学教育与国家精英培养之间的联系仍将在扩大了的高等教育系统中继续存在。本节只能简要讨论大众化带来的转变。一方面，高等教育的参与程度成为公民权利和民主权利的一部分；另一方面，随着企业家阶层的兴起和专业或政府公共服务阶层重要性的下降，国家精英的性质也已发生了变化。这两方面都将限制昔日精英大学国际性的继续发展。如此，强国精英之间的交流机会减少了，后宗主国的精英与后殖民地国家的精英之间的交流也不再如此频繁。

大学在社会与经济发展中的地位也发生了重大变化。现在，大多数大学的办学目标就是满足国家更加广泛的需要。人们在

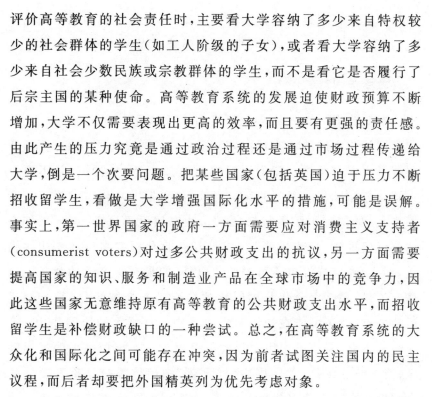

评价高等教育的社会责任时,主要看大学容纳了多少来自特权较少的社会群体的学生(如工人阶级的子女),或者看大学容纳了多少来自社会少数民族或宗教群体的学生,而不是看它是否履行了后宗主国的某种使命。高等教育系统的发展迫使财政预算不断增加,大学不仅需要表现出更高的效率,而且要有更强的责任感。由此产生的压力究竟是通过政治过程还是通过市场过程传递给大学,倒是一个次要问题。把某些国家(包括英国)迫于压力不断招收留学生,看做是大学增强国际化水平的措施,可能是误解。事实上,第一世界国家的政府一方面需要应对消费主义支持者(consumerist voters)对过多公共财政支出的抗议,另一方面需要提高国家的知识、服务和制造业产品在全球市场中的竞争力,因此这些国家无意维持原有高等教育的公共财政支出水平,而招收留学生是补偿财政缺口的一种尝试。总之,在高等教育系统的大众化和国际化之间可能存在冲突,因为前者试图关注国内的民主议程,而后者却要把外国精英列为优先考虑对象。

高等教育大众化带来的第二个问题是:大学正在成为更加"地方化"的机构。这并不仅仅是指当前大学有义务更多关注当地学生的需求,更重要的原因是:现在越来越多的大学生是成年人,或者是在职的。从社会意义上讲,许多大学生不再来自享有特权的社会群体,他们也注定不会再走精英职业路线。与高等教育大众化平行发展的另一进程是知识的民主化,这既体现在教学上,也体现在科研上。从认识论角度看,具有普遍性的科学强调客观性;从方法论角度看,具有普遍性的科学深深植根于实验和实证技术。然而这样的科学已经受到了新兴情景性知识生产方式的挑战。代表腐朽霸权的传统思想准则,已经受到了越来越多的攻击。现在,人们更加关注"地方性"知识传统,因为它反映了国内外现代高等教育在社会和文化方面的多样性。在贯彻执行修正主义(revisionist)和解构主义思想方面,第一世界国家中的大学比其他任何地方的大学都更加卖力，这将造成知识权威的危机，毫无疑问，这将让大学的国际声望受到损害。

全球帝国？

本章的第一部分从多方面探讨了大众化与随之而来的民主化和国际化之间的潜在冲突，还探讨了不同高校之间的竞争，研究背景主要是国内。我们也可以在更加广泛的国际背景下研究大众化与国际化之间的冲突。当然，如果把大众化与植根于新帝国主义①的国际化联系起来，那么，冲突似乎不可避免；如果把全球化仅仅视作"全球品牌"（global-brand）和西方高科技文化的强化，那么，冲突或许也不可避免。但是，如果在更宽泛的意义上诠释全球化，那么大众化与国际化的冲突可能会被淡化，甚至会逐渐消失；同时还可能在如下两组关系中发挥强大的协同作用：第一组关系是，实现国内民主化改革议程与建立更加民主的世界秩序；第二组关系是，关注国内"本土化"知识传统与尊重人类经验多样性和全球文化多元性。

问题的关键或许在于国际化与全球化之间的辩证关系。国际化过去（或许现在依然如此）所反映的，是由民族国家主导的世界秩序。然而，帝国范围的缩小、新殖民地联系模式的稳固以及由于强国对抗（特别在冷战时期）而产生的地缘政治等，对由民族国家主导的世界秩序产生了深刻的影响。在国际化背景下，不管"北方国家"的目的是通过援助项目改善不平等，还是通过贸易帮助"南方国家"开发潜力，富裕的"北方国家"与贫穷的"南方国家"之间的不平等现象依然突出。国际化的重点在于确立民族国家间的战略关系，高等教育国际化也不例外。留学生招生、教师交流以及不同国家的大学建立合作伙伴关系，很大程度上都是根据

---

① 所谓"新帝国主义"，是指一种新型的文化帝国主义或价值帝国主义，即建立在西方人普遍认可的自由民主价值观之上的帝国主义。——译者注

国家间的地缘政治背景来确定的。以最近的例子来说,在英国的伊拉克学生会给人们带来安全威胁,只有当伊拉克人的研究项目与海湾国家(Gulf states)相联系时,才会受到积极鼓励,并能引起人们浓厚的兴趣。然而,昔日的国际化"经济"正在衰落。随着冷战的结束,非洲和拉丁美洲已经从强国对抗的舞台中退出。就国际化而言,无论新殖民主义者的怀旧情结或国际主义者的利他主义,都不可能有足够的能力维持既有的国际关系。

然而,全球化是一种迥然不同的现象。它所反映的不仅是像美国、欧盟和东亚国家这些大的市场集团的全球竞争过程,而且也反映了全球区域性劳动力市场的合作日益增强的过程。在全球范围内,劳动力市场可以划分为两类,一类分布在低成本、大规模的制造业和服务业的地区,大部分集中在较为贫穷的"南方国家";另一类分布在提供高价值的技术和创新的地区,主要位于富裕的"北方国家"。但也会出现一些有意思的例外情况。有时这两种劳动力市场会共同存在于一些前共产主义集团国家。全球化导致大国及其同盟国与附庸国之间不稳定的世界秩序。随着新区域集团的出现(例如,欧盟的发展在很大程度上可归因于这种新全球秩序,欧盟发起的有关项目就是用来重塑欧洲文明的),原来的敌人变成新的同盟(反之亦然),以及国家边界被高科技和世界文化的日渐侵蚀,全球化成为激进的世界秩序的重组过程。全球化不可避免地与知识社会的出现联系在一起,因为在知识社会中,人们正是运用象征性物品、世界性品牌、商品形象(imagesas-commodities)以及专业技术进行交易。并且,正如早前分析的那样,广义上的全球化概念还包括环境和平等问题。

所有这些都会给大学带来根本性的挑战。大学依旧受制于特定的国家背景,大多数大学都是国家机构。于是,新的全球化思潮和更加广泛的后工业社会变革浪潮或许会绕过这些大学。确实,人们把大学看做经典的福特主义组织——尽管已历经三十年或更长时间的高等教育大众化进程，大学依然主要培养大批公共服务人员、专业人才和商业精英。另一方面，我们依然可以认为：大学能够唤起关于国际主义的最初记忆，并构建起适应当前新情景的跨国合作模式。大学依然拥有全球性的联系和国际网络，尽管由于目的不同（或许目的越来越模糊），这些联系和网络的发展方向迥异，但它们仍然具有影响力。确实，这些旧有的国际联系可以在区域范围内重新发挥作用——正如这种联系在欧洲发挥的作用。而且，无论如何，大学即使不是知识社会中生产象征性物品的重要机构，至少也可以成为构思和设计象征性物品的机构。

时间与空间

大学是继续受制于国家背景，还是要在国际化——它植根于不断衰退的由民族国家形成的世界秩序——背景下谋求发展？大学是会被更加便捷的（fleet-footed）全球性"知识"机构取代，还是能在不受这些不利环境影响的情况下，对自身进行彻底改造（如果改造成功了，又意味着什么）？这些都是特别棘手的问题，因为传统的时间和空间观念正在被彻底改变。约翰·厄里曾经探讨了时间消灭（和可以人为操纵时间）、空间消灭以及特定时间—空间范畴的重新有效组合等令人感兴趣的理论问题。人们正在逐步理解带来这些时间与空间变化的通讯技术和社会交往技术。新的全球性媒介的传播和信息产品生产巨头，如鲁珀特·默多克（Rupert Murdoch）的新闻公司或比尔·盖茨（Bill Gates）的微软公司，正日益受到公众的讨论和关注。"虚拟"机构越来越多地为人们所熟悉，当然，现在人们还很少关注"机构"这样的词汇是否能恰当地描述这种无形和易变的组织。

我们有必要思考以下两个问题：第一，"去组织化"（deinstitutionalization）过程对大学这一现代世界中最富有活力和最重要的组织意味着什么；第二，即使全球性大学确实出现了，它们或许并不依托现存大学的组织形式，而是以新的组织形式出现。第一个问题至关重要，这是因为，尽管大学拥有国际化的传统，尽管在远程教育和分散式学习（distributed learning）方面我们取得了成功，但大学仍然给人非常强烈的场所感——有学生来到这个场所，而其他人被排除在外。不管是分散在一个城市中的大学，还是《美丽新世界》（*Brave New World*）①中的校园，物理意义上的大学观念依然根深蒂固。大学不仅仅是一个场所，还是一个空间，一个相对自治的、能够防止政治或市场力量入侵的空间，一个能推动自由探讨和批判性学习的空间（尽管许多大学的实际情况已不再如此，但这样的观念依然非常强大）。然而，在后工业、后现代和后福特主义的世界里，时间和空间或许已经被瓦解为一个单一范畴，再也没有必要区分"场所"或"空间"。或许，构成现代世界的一些最基本范畴——比如，国家、市场或文化——正在失去他们的重要性。那么在这样的背景下，大学将会变成什么？

　　这并不仅仅是理论问题。如果全球性大学确实出现了，如何对它进行治理、经营和资助？当然，我们也可以这样认为：传统的学院制（collegial patterns）大学管理模式或许会比公司官僚体制（corporate bureaucracies）更适合未来的网络社会。现在，高等教育已被纳入许多独立的国家系统，它自身也被划分为不同的部门和组织。很少有证据表明，高等教育能够依靠一己力量集中资源、协调投资行动和生产战略，从而与新闻公司和微软公司等全球性组织进行竞争。应该如何资助全球性大学？在没有超国家的公共权力机构的情况下，只能通过商业市场进行。但是，市场

---

　　①　《美丽新世界》是奥尔德斯·赫胥黎（Aldous Huxley）的一本小说，早期有人将其译作《勇敢的新世界》，但事实上，本书题目出自莎士比亚的《暴风雨》一剧，"brave"一词取自法语brave的意思，作"好"解。赫胥黎写此书的目的是反讽20世纪的机器文明，称它为"大好"，其实不以为然。——译者注

资助方式不仅可能压制大学的自治"空间"（自治可能是大学唯一的"卖点"），而且鲜有证据证明，当前的大学拥有参与真正竞争的商业组织特性。在未来的信息娱乐业中，大学将会成为局部市场的"供应商"——提供传统的学术产品和服务。从这个意义上说，或许除了商学院，很少有学术机构能够成为全球竞争的参与者，多数大学会因产品种类单一、缺乏"临界规模"（critical mass）[①]而被排除在主流市场之外。

这一切可能会带来什么结果呢？尽管默多克和盖茨的全球公司具有显而易见的强大力量，但是全球性大学不可能按照新闻公司或微软公司来设计。只要民族国家继续资助高等教育（当然，民族国家应该也愿意继续这样做），市场对大学就没有足够的吸引力。然而，全球性大学不可能是现存大学的简单扩充。它将在国际活动中被赋予更加重要的地位。因此，最有可能的结果，或许是一种高度分化的发展状态：存在少数几所世界性大学（更有可能是这些大学内部的若干要素达到世界水平）；在全球市场中现有的大学组成网络，但它们还是从属于不同的民族国家（如同欧洲的大学在欧盟内部结合的那种方式）；混合型院校组织的涌现，这种组织将传统大学的要素与其他类型"知识"生产机构的要素结合起来（成为全球性公司，或者联合企业）；按照公司方式建立的"虚拟"大学（它既可以由单一公司组建，也可以由少数功能相同的公司组建）；少数几所按照新闻公司或微软公司模式构建的全球性大学。然而，未来的安排不可能仅仅从当前的组织结构推断出来，这就是本章的基本结论。

---

① "临界规模"一词源自物理学，意指引发或维持链式反应所需的最小裂变物质质量。后被引用至包括经济学、传播学在内的各个学科。"临界规模"描述的是这样一种现象，即随着量变积累到一定程度，到达了一个拐点的时候，就会发生质变。用于创新扩散时，量变指采用者的增加，质变指形成主流，"临界规模"指的是关乎成败的人口基数。——译者注

参 考 文 献

Ashby,E. (1971) *Any Person ,Any Study* : *An Essay on Higher Education in the United States*. Berkeley,CA,Carnegie Commission on Higher Education.

Beck,U. (1992) *Risk Society* : *Towards a New Modernity*. London,Sage.

Bell,D. (1973) *The Coming of Post-Industrial Society*. London,Heinemann.

de Ridder-Symoens,H. (ed.) (1996) *A History of the University in Europe*: Volume Ⅱ *Universities in Early Modern Europe*(1500—1800). Cambridge,Cambridge University Press.

Kerr,C. (1990) The internationalization of learning and the nationalization of the purposes of higher education: two 'laws of motion' in conflict? *European Journal of Edcuation* ,25: 1.

Kuhn,T. (1970) *The Structure of Scientific Revolutions*(revised edn). Chicago, Chicago University Press.

Pratt,J. (1970) *The Polytechnic Experiment* 1965—1992. Buckingham,Open University Press/SRHE.

Reich,R. (1992) *The Work of Nations*: *Preparing Ourselves for 21st-Century Capitalism*. New York,Vintage Books.

Scott,P. (1995) *The Meaning of Mass Higher Education*. Buckingham,Open University Press /SRHE.

Scott,P. (1996) Unified and binary systems of higher education in Europe,in A. Burgen(ed.) *Goals and Purposes of Higher Education in the 21st Century*. London,Jessica Kingsley.

Trow,M. (1973) *Problems in the Transition from Elite to Mass Higher Education*. Berkeley,CA,Carnegie Commission on Higher Education.

译　者　后　记

国际 21 世纪教育委员会向联合国教科文组织提交的报告《教育——财富蕴藏其中》中指出："教育在建设一种更加团结一致的世界方面负有特殊的责任,而对于未来的种种挑战,教育看来是使人类朝着和平、自由和社会正义迈进的一张必不可少的王牌。"尽管还存在争议,尽管新的机会和潜在的利益与风险并存,但是人们不得不面对这样的事实,进入 21 世纪,高等教育全球化与国际化呈现出进一步加速的发展趋势。高等教育资源的全球流动,国际交流与合作的空间加大,在改变人才培养模式、教育观念的同时,推动着各国高等教育的政策调整和快速发展。

在经济、文化、科技全球化过程中,高等教育扮演着越来越重要的角色,地位日益凸显,规模不断扩大,已成为一个国家政治与经济发展的支撑力量。高等教育国际化的内容,包括教师、学术人员和学生的流动、课程国际化、知识共享、跨国教育、科研合作、建立区域性和全球性教育协作组织等。随着高等教育国际化的推进,一个科技、教育、文化和学习无国界的全球化时代向我们走来。

但是,全球化、国际化也给大学发展带来了一些隐忧。在急速发展的全球化过程中,也存在如教育的商业化和商品化、低品质学位"加工厂"、人才流失、本土文化受到严重冲击等问题;少数发达国家主导了高等教育的全球化,并从中获得了大部分的经济利益,而中等收入国家和发展中国家则扮演了高等教育购买国的角色;高等教育市场的竞争日益加剧；发达国家利用自己在高等教育领域中的主导地位扩大对发展中国家政治、文化、价值领域的精神渗透。因此，我们该如何处理全球化与本土化的关系？是单向地向世界高水平大学靠拢，还是同时努力用自己的教育理念丰富世界高水平大学的内涵？是一味地遵循国际高等教育的统一规则，还是同时注重保持自身的高等教育特色？这些都值得深思。

从历史和文化的视角看，若保持世界高等教育平等、健康、可持续发展，在高等教育全球化背景下，高等教育国际化必须与民族化相统一，体现民族利益。每个国家都有自己的历史和文化，高等学校担负着向世界传播本国传统文化的使命。全球化和国际化应该是求同存异的全球化和国际化，是东西方文化相互交流的全球化和国际化。只有是从国家利益出发的国际化，才不会丢失民族的本性、民族的特色，才能为世界的进程打上民族国家的烙印。

推进高等教育国际化进程要求高校重新审视自己的定位，而全球化则意味着在不远的将来，高校将被引入到全国乃至全球范围的竞争中。当前，发达国家和发展中国家普遍在调整高等教育政策，进行高等教育改革，拓展本国社会成员的文化视野，提高教育的开放程度，为本国教育理念、管理模式、课程结构等变革注入活力，以应对高等教育全球化和国际化带来的机遇与挑战。为此，皮特·斯科特、约翰·厄里等多位高等教育研究专家对大众化、国际化和全球化等议题进行了深入探讨，相信会给包括我国在内的很多国家或地区带来启示。

经过一年多的共同努力，几经修改，这部译著终于完成。前言、第一章、第五章、第六章、第七章、第八章由郑州大学周倩博士翻译，第二章、第三章、第四章、第九章由上海财经大学高耀丽博士翻译。全书初稿由周倩和高耀丽统审。感谢华东师范大学高等教育研究所侯定凯博士对译稿的审校，感谢康瑜博士、王芳、苏百泉、张莉、李春晓、李鸣翠、倪云、李燕、杨克菲、樊曼等为本书所做的工作。

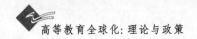

　　由于本书作者来自不同的国家，部分章节句式复杂，内容抽象，在翻译中做到信、达、雅实在不易。尽管经过反复讨论、反复修改，由于译者水平有限，译文中失当之处恐难避免，敬请读者批评指正。

周　倩　高耀丽

2008 年 11 月 1 日

英中文对照表

academic staff 学术人员

access to higher education 高等教育入学机会

Acciones Integradas 联合行动项目

accommodation 住宿

Action Jean Monnet 吉恩·莫内行动

African Renaissance 非洲复兴

american patriots 美国爱国者

Ashby,Eric 埃里克·阿什比

Association of Commonwealth Universities 英联邦大学协会

Association of European Universities 欧洲大学协会

AVU(African Virtual University) 非洲虚拟大学

Beck,U. 贝克

Belcher,John 约翰·贝尔彻

Bell,Daniel 丹尼尔·贝尔

British Council 英国文化委员会

British higher education policy 英国高等教育政策

British Overseas Development Administration(ODA) 英国海外开发署

Cameroon 喀麦隆

Castells,M. 卡斯特

Central Europe 中欧

citizenship 公民

cold war 冷战

Colleges of Advanced Education(CEAs) 高级教育学院

COMETT programme 科麦特计划

Commonwealth 英联邦

competitiveness 竞争力

computer networks 计算机网络

computerization 计算机的使用

conservative government policy 保守党政府的政策

consumerism 消费主义

cultural differences 文化差异

curricula 课程

Daniel,John 丹尼尔·约翰

Dearing report 迪林报告

democratization 民主化

de-nationalization 去国家化

Denmark 丹麦

developing countries 发展中国家

distance learning 远程教育

distance learning 远程学习

distributed knowledge production 分散性知识生产

dead tame zones 无活力的开化地区

Eastern Europe 东欧

economic development 经济发展

European Credit Transfer System(ECTS) 欧洲学分转换制度

Education Counselling Service (ECS) 教育咨询服务中心

elite 精英

Enlightenment Europe 欧洲启蒙运动

equality of opportunity 机会均等

equity issues 公平问题

Erasmus of Rotterdam 鹿特丹的伊拉斯莫

ERASMUS programme 伊拉斯莫计划

EU higher education policy 欧盟高等教育政策

European Association for International Education 欧洲国际教育协会

European Commission 欧盟委员会

European Community students 欧共体国家学生

European Union programme 欧盟计划

European Union 欧盟

european 欧洲公民

europeanization 欧洲化

fees 学费

foreign advisers 外国顾问

foreign students 留学生

fragmentation 分裂化

French Minitel System 法国微电计算机系统

funding higher education 高等教育投资

funding 拨款

global economy 全球经济

global empires 全球帝国

global markets 全球市场

global networks 全球网络

globalization 全球化

Greenpeace 绿色和平组织

Haque,S. 海科

Harare Declaration 哈拉雷宣言

Harvard College 美国哈佛学院

Higher Education Funding Council for England(HEFCE) 高等教育拨款委员会

higher education policy 高等教育政策

hypothesis 假设

immigration controls 外来移民控制

Indian Ocean Rim Association for Regional Cooperation(IORARC) 环印度洋地区
　合作联盟

industrialized countries 工业化国家

industry-university partnerships 企业与大学的伙伴关系

inequalities 不平等

intellectual culture 知识文化

international classroom 国际化课堂

International Council for Educational Development(IECD) 国际教育发展理事会

International Educational Association of South Africa(IEASA) 南非国际教育协会

international flows of academic staff 学术人员的国际流动

international student exchange programmes 留学生交换计划

international students 留学生

internationalization policy 国际化政策

Internationalization Quality Review Process(IQRP) 国际化质量评估进程

internationalizing institutions 高等院校国际化

internet 网络

labour market 劳动力市场

joint courses 联合课程

JSPs scheme 青年交流项目

Kälvemark,T. 卡夫马克

Kerr,Clark 克拉克·克尔

Knight,Jane 简·奈特

knowledge industries 知识产业

knowledge production 知识生产

labour markets 劳动力市场

Land-grant Universities 美国赠地大学

LEONARDO programme 莱昂纳多计划

lifelong learning 终身学习

LINGUA programme 语言培训计划

live tame zones 有活力的开化地区

local process 本土化进程

Maastricht Treaty 马斯特里赫特条约

main sending countries 主要来源国

managerial universities 管理型大学

marginalization 边缘化

market ideology 市场意识形态

mass higher education 大众化高等教育

material culture 物质文化

Mbeki,Thabo 塔博·姆贝基

medieval universities 中世纪大学

Microsoft 美国微软公司

Minitel Computer System 微电计算机系统

multiculturalism 文化多元化

myth of the international university 国际性大学的神话

nation states 民族国家

national policy framework 国家政策框架

National Qualifications Framework in South Africa 南非国家资格证书框架

Netherlands 荷兰

new geopolitics 新型的地理政治

New Zealand 新西兰

News Corporation 新闻集团

North Atlantic rim 环北大西洋地区

Norway 挪威

National Qualifications Framework(NQF) in South Africa 南非国家资格证书框架

Open University 开放大学

oppositional organizations 反对组织

Overseas Development Administration 海外开发署

percentage of foreign students 留学生的比例

Perkins,James 詹姆斯·帕金斯

pluralism 多元主义

policy development 政策发展

Policy Paper for Change and development in Higher Education《高等教育变革和
发展政策》

political mobilization 政治动员

polytechnics 多科技术学院

Portugal 葡萄牙

postgraduate courses in Greece 希腊研究生课程

TEMPUS programme 泰姆普斯计划

Thatcher, Margaret 玛格丽特·撒切尔

The coming of Post-Industrial Society《后工业社会的来临》

The Rise of the Network Society《网络社会的兴起》

The Work of Nations《国家任务》

Third World countries 第三世界国家

transnational corporations 跨国合作

Trow, Martin 马丁·特罗

UKCOSA 英国海外学生事务委员会

UMAP(University Mobility in Asia and the Pacific) programme 亚太地区学生流动计划

UNESCO 联合国教科文组织

Universitas, 21 21 世纪大学联盟

Universities Central Admissions System(UCAS) 大学中心录取系统

university research 大学科研

van der Wende, M. 凡·德·温迪

virtual universities 虚拟大学

welfare 福利

West, K. 韦斯特

Western European 西欧国家

wild zones 未开化地区

北京大学出版社教育出版中心
部分重点图书